SALUT LA COMPAGNIE !

à Maud et Patrick Devilder
qui profitent du joli temps
du Touquet, s'intéressent peut-être,
au fabuleux destin de la Compagnie
des Agents de change, aujourd'hui
disparue — Très amicalement

Xavier Dupont

SALUT LA COMPAGNIE !

Mémoires d'un agent de change

Albin Michel

Collection « Mémoires d'entrepreneurs »
dirigée par Félix Torres

22, rue Huyghens, 75014 Paris

www.albin-michel.fr

ISBN 2-226-13281-3

A Malice, mon épouse,
mes enfants et mes petits-enfants.

A mon confrère et ami Roger Le Guay,
disparu en novembre 1999.

« Je suis de plus en plus persuadé que nous vivons non pas la fin du monde mais celle d'un monde. Notre époque est donc difficile à vivre. Pour conserver et même accroître notre goût de vivre, il faut accepter les sacrifices qu'entraîne tout changement important de notre environnement et se réjouir de voir un monde naissant. Dans tous les domaines, politique, économique, artistique, souffle un esprit nouveau suscitant des mœurs nouvelles. Le monde de demain sera neuf par rapport à ceux qui l'ont précédé. Bon gré, mal gré, nous vivons donc à la fois une décadence et une renaissance. »

Robert Le Guay,
agent de change de 1932 à 1961,
extrait d'un texte écrit en 1976.

1

« Faites-moi des propositions »

Le bureau du ministre des Finances, de l'Economie et des Privatisations se cache au cœur du palais du Louvre, avant que celui-ci ne devienne tout entier le musée qui porte son nom. Ce 3 octobre 1986, j'ai rendez-vous avec Edouard Balladur. L'annonce des privatisations passionne les politiques, interpelle les économistes, excite les financiers.

Après les nationalisations de 1981 qui ont tant affaibli le marché financier, les agents de change attendent beaucoup des privatisations. Depuis 1982, les transactions en actions tous marchés confondus ont rebondi : elles sont passées de 82 à 466 milliards de francs en 1986. Les charges ont dû changer de vitesse, affronter des défis nouveaux. Sommes-nous capables d'aller plus loin ?

Une certaine solennité entoure l'entretien et l'accueil que me réserve le ministre d'Etat. Sur son bureau, pas le moindre papier. La sérénité est de mise. L'on imagine que les problèmes quotidiens viennent mourir au pied de la porte capitonnée. Il y a des collaborateurs pour s'en occuper. Daniel Lebègue, directeur du Trésor, assiste à l'entretien.

« Monsieur le syndic, comment va votre Compagnie ?

– J'ai envie de répondre, monsieur le ministre, que mes confrères sont à la fois prospères et inquiets. Ils sont prospères parce que l'activité a fortement repris. Cette année 1986 sera une année record depuis longtemps. Ils sont aussi, c'est vrai, inquiets. La déréglementation s'est emparée des grandes places financières anglo-saxonnes. Elle intéresse les statuts des intermédiaires, les courtages, les techniques de marché. Sur la Place de Londres, le *Big Bang**[1] fait exploser l'organisation traditionnelle du marché. Les *brokers** et les *jobbers** ouvrent leur capital aux banques. Nous sommes inquiets de cette évolution car nous gardons l'ambition de maintenir notre indépendance, quitte à nous en donner les moyens. »

Le ministre d'Etat reprend la parole :

« Nous allons mettre en œuvre un vaste programme de privatisations sur cinq ans. Pensez-vous que les structures actuelles de vos charges soient capables d'amorcer leur développement ? Les privatisations vont générer des volumes de transactions significatifs. Comment éviter que l'essentiel des transactions sur les grandes sociétés françaises ne soit capté par Londres ? Etes-vous en mesure de les fixer à Paris ? De ce que l'on me rapporte de Londres ou de New York, on pourrait en douter... »

L'attaque est forte, directe. Je cherche à dresser un portrait plus nuancé de notre parcours depuis quelques années.

« Monsieur le ministre, depuis cinq ans, la Compagnie se transforme à marche forcée. Elle a fait progresser ses fonds propres, ouvert le Second marché* en 1983, adopté la contrepartie, installé le MATIF*, engagé le marché continu. Le professionnalisme des équipes est réel. Plusieurs charges importantes ont développé un vrai marketing auprès des institutionnels étrangers. Pour répondre directement à votre question, la Compagnie est mieux préparée aujourd'hui qu'hier pour accompa-

---

1. Je renvoie, pour tous les termes techniques signalés par un astérisque, à un petit lexique en fin d'ouvrage, p. 221.

gner les privatisations, mais je ne peux pas vous en donner l'assurance. »

Edouard Balladur revient à la charge :

« Je comprends bien votre ambition de maintenir l'indépendance de votre Compagnie. Entre cette ambition et l'ouverture privilégiée par les marchés anglo-saxons, n'y a-t-il pas une troisième voie possible ? »

Que l'on me pardonne cette métaphore tennistique, je monte immédiatement au filet.

« Dans la compétition qui s'exacerbe entre les Places, je n'y crois guère. Une course de vitesse est engagée. Les grandes entreprises françaises s'avouent de plus en plus sensibles aux sirènes des maisons anglo-saxonnes présentes à l'international. La recherche d'une troisième voie ne me paraît pas réaliste. La privatisation récente d'Elf-Aquitaine et la manière dont elle a été menée au niveau international ont été une réussite. Son prix était correct, les investisseurs français mais aussi internationaux ont suivi. »

Notre échange de propos se poursuit, toujours sur le ton d'une discussion courtoise. Mais je sens poindre le scepticisme de mon interlocuteur. Je prends alors mon courage à deux mains pour dire au ministre :

« Dois-je conclure de cet entretien que vous doutez de la capacité de la Place de Paris à accompagner, dans son organisation actuelle, le programme de privatisations que vous mettez en œuvre ? Sinon, êtes-vous partisan d'une ouverture de la Place ?

– Je suis partisan de l'ouverture, me répond Edouard Balladur. Je peux vous y aider. Mais cette modernisation doit se faire et vite. Faites-moi des propositions ! »

J'accepte aussitôt, engageant ainsi l'avenir de la Compagnie des agents de change* que je dirige en ma qualité de syndic*. Il faut presser le pas, j'en conviens. Mais mes confrères sont-ils prêts à aller de l'avant, à me suivre vers le grand large ? Vers des horizons que nul ne pressent ?

L'entretien est terminé. Edouard Balladur me raccompagne à la porte de son bureau. Il perçoit mes réflexions, sinon mon trouble et, me prenant par le bras, me dit, avec cette solennité qui lui appartient :

« Allez, monsieur le syndic, nous allons faire de grandes choses ensemble. »

Je sais que désormais plus rien ne sera comme avant.

Les plus belles années de ma vie professionnelle se sont déroulées au sein de la Compagnie des agents de change, une vieille et prestigieuse institution, forte d'une centaine de membres, née le 23 avril 1816, disparue en janvier 1988. Comme tous mes confrères, je garde un souvenir ému de mon entrée dans la Compagnie, de ma « montée au parquet » accompagnée d'un cérémonial immuable. A la barre du tribunal de commerce, j'ai prêté serment en habit devant le président du tribunal en robe rouge. Je me suis engagé par écrit et sur l'honneur à observer fidèlement les règlements de la Compagnie. Dans la grande salle des assemblées générales au premier étage du palais Brongniart, j'ai écouté en jaquette les recommandations paternelles mais fermes du syndic Meunier, m'invitant à rester digne de l'honneur qui m'était fait.

Les traités de finance ne s'étendent pas sur le quotidien de la Corbeille*. Ils se limitent à la description juridique de l'institution ou à l'évocation des interdictions qui s'imposent à l'agent de change officier ministériel. Bien sûr, le code d'honneur, qui constitue le socle de la déontologie de la Compagnie, fonde la solidarité entre ses membres et encadre le comportement de l'agent de change jusqu'à son départ en fin de carrière lorsqu'il sollicite par un vote de ses confrères que lui soit conféré l'honorariat. L'honneur encore.

Né dans le sérail – mon père était agent de change à Lille –, je suis entré en 1959 dans une maison parisienne de courtiers en valeurs mobilières. Huit ans plus tard, j'ai été nommé agent de change. En 1984, un quart de siècle après mes premières armes, je suis élu syndic, le vingt-septième d'une longue lignée. Je serai le dernier. J'ai en effet pris la décision de lancer le processus qui aboutira à la disparition de la Compagnie en janvier 1988. Une décision discutée et discutable, sage pour les uns, détestable pour les autres, source de nostalgie pour tous. A peine nommé président de la toute nouvelle Société des Bourses françaises, j'affronte un accident boursier de grande ampleur. En juin 1989, je suis contraint d'abandonner mon poste.

Je souhaite rendre hommage dans ces pages à la Compagnie et à tous ceux qui l'ont servie. J'ai cédé à la tentation de cheminer à ma manière sur les traces du passé, d'esquisser quelques portraits, de restituer les images d'événements heureux ou dramatiques qui ont marqué mon parcours professionnel. J'ai voulu ainsi retracer trois décennies d'histoire qui ont changé le visage de la Bourse française. Donner aussi à découvrir, de l'intérieur, un monde clos, secret, mystérieux pour les profanes. J'ai cherché à comprendre comment, dans ce pays si conservateur qu'est la France, le monde financier avait connu au cours des années 1980 une véritable révolution, marquée par un phénomène inédit, la décision d'une profession et d'une institution – riche de cent soixante et onze années d'existence commencées sous la Restauration – de se réformer et, pour cela, acceptant de se dissoudre. L'exemple n'est pas fréquent, il devrait être médité.

Les jours d'été, par les fenêtres ouvertes du palais Brongniart, la rumeur de la criée* s'enfle au débouché de la rue Vivienne. A l'entendre, les vieux boursiers étaient paraît-il capables de deviner la tendance, à la hausse ou à la baisse. Cette rumeur a disparu elle aussi, engloutie dans le ventre froid des ordinateurs. Le parquet de Paris n'est plus aujourd'hui qu'une vaste salle de bal....

2

Un homme du Nord à Paris

Avec les Dubois, Duval, Dumont et Fontaine, mon patronyme d'origine géographique est l'un des plus usités dans notre douce France. L'homonymie, d'ailleurs, perturbera les élus de la Révolution de 1789 à un point tel qu'ils accoleront au nom de Dupont la ville ou le département de naissance. Mais laissons de côté les Dupont de Nemours et Dupont de l'Eure. Je suis un homme du Nord et j'en suis fier.

J'appartiens à une famille de banquiers dont les origines s'enracinent au plus profond de la terre du Nord. Je pense d'abord à la figure fondatrice de Charles-Louis-Joseph Dupont, plus connu sous le nom de Louis Dupont, né à Barry, un petit village situé à une dizaine de kilomètres à l'est de Tournai (alors ville française), le 26 juin 1795, sous-officier de l'Empereur, fondateur de la banque Dupont.

Son père, Adrien-Joseph Dupont, exploitait, comme les nombreuses générations qui l'avaient précédé, la cense (ferme) du Poncelle. Il descendait, selon la généalogie familiale, d'un certain Jacques Dupont, premier aïeul connu. Né vers 1620, ce lointain ancêtre habitait avec sa femme Catherine Descamps à Mourcourt, très vraisemblablement à la cense des Froides-Eaux, dite du Rouge-Fort, dont un portail porte la date de 1656. Deux siècles plus tard, Adrien-Joseph Dupont deviendra tout naturellement propriétaire de sa ferme. Cette terre d'église qui appartenait avant la Révolution à la collégiale d'Antoing est vendue comme « bien national » le 3 ventôse an VI (2 mars 1798). A l'âge de huit ans, Louis Dupont devient orphelin. Ses parents meurent de la fièvre typhoïde pendant l'épidémie de l'hiver 1802-1803. Louis est alors confié, comme ses frères et sœurs, à la tutelle de son oncle Mathieu-Joseph Dupont, avocat, puis haut magistrat à la cour d'appel de Douai. C'est dans cette ville qu'il fait ses études.

A dix-sept ans, la légende familiale le décrit comme un jeune homme de petite taille, entreprenant et dynamique, impatient de rejoindre la cohorte des « Marie-Louise » qui participent aux dernières batailles de l'Empereur. C'est à cet âge qu'il s'engage, en mars 1813, au 19e régiment d'infanterie de ligne de Lille qui tient garnison à Douai. Le colonel commandant le régiment le remarque. En quelques semaines, Louis franchit les étapes qui le conduisent au grade d'adjudant. Puis il est engagé dans la campagne d'Allemagne. Début mai, il participe à la victoire de Lützen contre les Prussiens, où est tué le maréchal Bessières, à la fin du même mois, à celle de Bautzen contre les Russes, où meurt le général Duroc, puis à la grande bataille de Dresde, au mois d'août. Blessé à l'épaule, Louis Dupont est soigné dans une ambulance, renvoyé après quelques semaines au combat.

Les 16, 17 et 18 octobre, à la bataille de Leipzig, dite « bataille des Nations », qui voit la trahison des Saxons, il fait face à l'ennemi dans de terribles conditions. Son bataillon subit de lourdes pertes. Simple adjudant, il se retrouve le « plus haut gradé valide ». C'est lui qui dirige, sous le feu de l'ennemi, une ultime résistance pendant laquelle ce qui reste de ses hommes tombe sous la mitraille. Touché de cinq coups de feu, prisonnier, mon aïeul est libéré le 10 juin 1814. Il a terminé sa guerre et ne participera pas aux Cent-Jours.

Le jeune officier entre à Valenciennes dans l'affaire de négoce d'un cousin par alliance de Mathieu Dupont, son ex-tuteur, Alexandre Duquesne. Après sept ans de cour assidue, il en épouse la fille. Dès 1819, il commence à faire pour son propre compte des opérations de banque qui le mènent à créer, en 1824, une « maison de commissions et d'escompte », au capital de 12 603,95 francs, qui deviendra la banque Louis Dupont, l'une des grandes banques de la région. Il proclame sa foi catholique, qui imprégnera profondément notre famille, lorsqu'il ouvre son propre compte d'opérations bancaires sur lesquelles il attire les bénédictions du ciel en inscrivant sur la première ligne de son premier livre une invocation au « saint nom de Dieu ».

A quoi ressemble la région en ce début de XIXe siècle ? Le comte de Montalivet, lors de son rapport à l'Empereur sur la situation de l'Empire, nous apporte un témoignage précieux. Il présente le département du Nord comme l'un des plus industriels du pays. Il est vrai que, dès le milieu du XVIIIe siècle, l'exploitation de la houille dans la région d'Anzin a débuté. Autour des puits de mines, des hauts-fourneaux, forges et verreries s'implantent. Simultanément, l'agriculture locale est stimulée par le Blocus continental. En interdisant l'importation de sucre de canne, il pousse les agriculteurs à s'initier à la culture de la betterave qui s'étendra rapidement dans les plaines du Nord et sera à l'origine d'une importante industrie sucrière. Louis Dupont a su saisir à bras-le-corps la fièvre économique qui s'empare de sa région.

Louis Dupont disparaît le 15 mai 1872. Lui-même et son épouse ont eu dix enfants, dont quatre mourront en bas âge. Parmi les six survivants, on compte trois filles, Cécile Duchataux-Dupont, Marie-Adélaïde Bontemps-Dupont et Mélanie-Elise Petit-Dupont, et trois fils, Louis,

Paul et Pierre. Louis Dupont fils fonde à Douai un second établissement de la banque créée par son père, tandis que son frère Paul succède à son père à Valenciennes. Louis aura à son tour dix enfants dont Xavier, mon grand-père. Nous sommes en quelque sorte la branche cadette de la branche aînée, celle qui prend en main et développe la banque.

Celle-ci s'installe après la Première Guerre mondiale en bord de Seine – on parle alors des « Dupont de Paris » –, suscitant un vif débat au sein de la famille. Faut-il rester ou non dans le Nord ? La grande crise de 1929 frappe en tout cas de plein fouet la banque. Le Crédit industriel et commercial (CIC) entre de façon majoritaire dans son capital. La banque parisienne aura la sagesse de laisser les Dupont à la tête de l'établissement, amorçant le profil de fédération de banques régionales qui reste toujours le sien. La banque Louis Dupont est ainsi devenue dans les années 1970 la banque Scalbert-Dupont, l'une des grandes filiales du Crédit industriel et commercial, après fusion avec la banque Scalbert, une autre filiale du CIC.

La lignée de mon grand-père Xavier est restée à Douai. Après des études de droit à Paris, son fils, Xavier, mon père, intègre la banque Dupont de Douai. Lorsqu'il se marie en 1928, il est devenu fondé de pouvoir. Mais il supporte mal les contraintes de l'entreprise familiale tout comme le conformisme empesé de son oncle Félix Dupont, patron de l'établissement. Xavier Dupont s'ennuie. Les perspectives de carrière paraissent médiocres. Certes, il appartient à la branche aînée. Mais il est mal placé dans l'ordre de la succession. Ses cousins ou neveux prendront le pas sur lui.

Mon père cherche une profession indépendante où il pourrait donner sa pleine mesure. C'est dans cet état d'esprit qu'il entre chez Pierre Liagre, agent de change à Lille, dont il devient le fondé de pouvoir au début des années 1930. On oublie trop souvent le rôle économique et financier que les Bourses de province ont joué en France, nées des foires et marchés le long des grands axes commerciaux, dans des ports actifs ou au cœur des terroirs à l'économie florissante. La lenteur des communications autant que leurs structures d'intermédiation particulières, les offices ou charges, favorisent leur activité.

Chaque grande ville du pays s'est spécialisée dans la négociation d'un type de valeur. Lyon est, depuis la Renaissance, l'intermédiaire obligé des banques d'Italie, Toulouse écoule une partie de l'or ramené des Amériques par les Espagnols. L'essor industriel des années 1820-1830 en France a ranimé les traditions étouffées par la concentration napoléonienne sur Paris. La Place bancaire de Lille a ouvert le bal en participant au financement de l'exploitation des mines de charbon. Ce brassage de capitaux amène naturellement à la création dans la capitale des Flandres d'une Bourse de valeurs mobilières qui ouvre ses portes en 1860. Lille, qui double sa capitalisation boursière entre 1900 et 1913, se hisse à une superbe seconde place, devançant même la capitale des Gaules, qui ne s'est pas remise du krach de la banque de l'Union générale de 1882. Tout au long de l'entre-deux-guerres, Lille maintient son deuxième rang, signe de la prospérité d'une région pourtant durement touchée par la guerre.

Les livres d'images qui illustraient la Grande Guerre peuplent mes souvenirs d'enfance. Les hommes au casque à pointe face aux poilus embourbés dans les tranchées, les taxis de la Marne, Verdun, le Chemin des Dames, le fort de Vaux, les fusiliers marins de Dixmude forment la trame de ces récits haletants, colorés et dramatiques. Dans la grande maison de mon grand-père paternel, à Douai, rue d'Esquerchin, nous feuilletions les albums de photos de la guerre de 1914 où l'on voit les uhlans bivouaquant entre cour et jardin.

Dès les premières semaines qui suivent la déclaration de guerre en août 1914, les Allemands occupent Douai. Mon grand-père, père de dix enfants comme son propre père, échappe à la mobilisation. Avec sa famille, il reste dans la maison de la rue d'Esquerchin. Pendant qu'il se porte au secours des blessés qui affluent dans la gare, les enfants, dont mon père, postés derrière les grandes fenêtres, regardent intensément l'arrivée des uhlans à cheval et le désarroi des troupes françaises en bleu horizon, qui évacuent la ville dans le plus grand désordre. Tout à coup, on frappe à la porte de la maison. Un soldat français, perdu et séparé de son unité, implore du secours. On le cache au fond du jardin. Les Allemands se précipitent. Dans sa fuite, son casque a roulé dans l'herbe au beau milieu de la pelouse. Un domestique le dissimule dans son tablier. Les Allemands n'ont rien vu. La famille respire...

Fin 1916, les autorités allemandes, confrontées à l'exaspération croissante des populations civiles, leur accordent l'autorisation de quitter Douai et de rejoindre les zones non occupées. Font exception les garçons de quinze ans et plus, susceptibles de porter les armes. Tel est bien le cas de mon père, né en 1901. Mes grands-parents décident de le laisser derrière eux et de rallier Paris avec leurs neuf autres enfants. Après un bref séjour dans la capitale, la famille terminera sa course aux Essarts, dans la région de Rouen, recueillie par une famille au cœur généreux. Accompagné d'un de ses cousins du même âge, Joseph Treca, Xavier Dupont sera hébergé par sa grand-mère maternelle et ne retrouvera sa famille qu'avec la victoire de 1918. Mon père restera profondément marqué d'avoir eu à se débrouiller seul, dans des circonstances éprouvantes pour son âge. Il en gardera un caractère bien trempé, fondé sur la conviction que rien dans la vie ne peut s'obtenir sans efforts.

Du côté de mes grands-parents maternels, une belle figure féminine évoquée par ma grand-mère émerge, celle de Louise de Bettignies, septième enfant d'une famille d'industriels originaires d'Armentières. Devenue infirmière, elle organise sous l'occupation allemande des réseaux de transmissions de courriers cachés dans les ourlets de ses longues robes. Ma grand-mère participe à certaines de ses actions et voue un véritable culte à cette femme intrépide et courageuse qui sera arrêtée, condamnée à mort, peine commuée en détention perpétuelle. Elle mourra en prison des suites de privations.

Quand éclate la « drôle de guerre », mon père est mobilisé. Instruit par les épreuves de 14-18, il décide d'éloigner sa famille, ses beaux-parents, ma mère et ses enfants, de la grande ville de Lille. Au mois de mai 1940, il nous installe à cent kilomètres sur le littoral, au Touquet. Une protection bien illusoire. Dès le 23 mai, les colonnes motorisées allemandes ont percé le front des Ardennes et surgissent, ô surprise, par le sud ! Elles s'approchent d'Abbeville. La rumeur se répand sur les marchés. La ville est en feu. Dès lors nous rejoignons le flot de l'exode général. Nous embarquons à Etaples à bord d'un chalutier, lequel nous abandonne à quelques encablures plus loin à Saint-Valéry-en-Caux.

Et nous voilà traversant la France, nous précipitant vers le sud. Nous nous arrêtons au château de Bort, proche de Limoges, où mes grands-parents ont noué une vieille amitié avec la famille de Sèze. A quelques kilomètres de là, mes grands-parents avaient acquis dans les années 1920 une propriété dénommée le Mazeaux que la crise de 1929 ne leur a pas permis de conserver. C'est une région que nous connaissons et où nous comptons des amis fidèles.

Mon père a été pris au piège. Encerclé dans la poche de Dunkerque avec son unité de défense aérienne, il est parmi ceux qui réussissent, après de longues heures d'attente dans l'eau jusqu'aux épaules, à embarquer à bord d'un bateau anglais. Il se souviendra toujours du spectacle de Dunkerque, la désorganisation des régiments, les raids des stukas effectuant des passages en rase-mottes au-dessus des colonnes interminables de soldats avançant dans l'eau à la rencontre de l'embarcation qui les sauverait du chaos. A peine a-t-il mis pied sur le sol anglais qu'il est rembarqué vers le continent, affecté à une unité en voie de reconstitution en Vendée. Puis il disparaît. Quelques jours plus tard, on retrouve sa trace dans un hôpital de Vannes dont il s'évade, malgré un genou blessé, à l'arrivée des Allemands, grâce à des habits civils. Il échappe ainsi à la captivité. Démobilisé, Xavier Dupont rejoint Lille. Nous y sommes déjà, ayant quitté Limoges par je ne sais quel moyen. Mon père retrouve sa place de fondé de pouvoir chez l'agent de change de Lille Pierre Liagre. En 1943, il lui succède en rachetant sa charge. Le voilà agent de change.

Les Allemands dans la ville, ce tableau colore mes souvenirs d'adolescent. Les distributions de biscuits caséinés au collège, le mugissement de la sirène annonçant les raids aériens, les descentes précipitées dans les caves étayées de larges poutres qui nous donnaient une fausse impression de sécurité. Quand sonne l'alerte, les habitants de l'immeuble se retrouvent en pleine nuit dans les caves, en peignoir et chemise de nuit. Puis c'est l'attente. Les coups sourds des bombes font trembler les murs et les corps glacés. Lille ne connaîtra pas les destructions de la guerre de 14-18, mais les environs de la cité sont sévèrement touchés. La ville subit des réquisitions drastiques, le STO et les mesures de répression policière. On observe comme ailleurs la misère chez les uns, le confort apparent chez les autres avec le marché noir. La Résistance, notamment le réseau Voix du Nord, mène des opérations courageuses, mais supporte en retour des représailles sévères. Deux cent cinquante personnes environ seront fusillées ou mourront en déportation, sans compter l'exécution de quatre-vingt-six otages en août 1944, à Ascq, après l'attentat contre un train transportant des jeunes soldats de la Waffen SS. Le 3 septembre 1944, c'est enfin la Libération, l'arrivée de troupes canadiennes puis anglaises.

De ma vie de jeune collégien, je n'ai conservé que d'heureux souvenirs. Certes, les bâtiments du collège Saint-Joseph n'offrent pas de séduction particulière. Ce sont des murs de briques rouges donnant sur un large boulevard, des cours de récréation bordées de préaux où nous allons transis les jours de pluie attendre la fin des averses.

Le père recteur dirige l'institution entouré du respect dû aux grands personnages simplement entrevus. Les études, la discipline relèvent de la compétence du père Préfet, crâne rasé et lunettes cerclées de fer, au tempérament plutôt froid. Toute convocation dans son cabinet, flanqué de l'avertissement « Entrez et frappez à la deuxième porte », suscite chez les élèves interrogation et appréhension. Au fil des années et de l'adolescence, la perception des mérites de l'éducation jésuite se fait plus attentive, plus indulgente. Ouverte sur le monde, la Compagnie de Jésus souhaite que les adolescents qu'elle a formés s'engagent. Permanence de la foi par tous temps et en tout lieu, stimulation des ambitions personnelles dans le respect de l'intérêt collectif, éveil à la création artistique... nos centres de curiosité ont été multipliés. Cet acquis nous servira plus tard.

Mon père atteint à peine la soixantaine à la fin de la décennie 50. La charge qu'il anime comprend une dizaine de personnes. Quelle sera mon orientation, une fois achevées mes études parisiennes rue Saint-Guillaume, à Sciences Po ? Pourquoi Paris, se demande d'abord mon père, cette ville qui coûte si cher ? Bien qu'attaché à la région et à l'exercice de son métier à Lille, il prend peu à peu la mesure de l'écart qui sépare la capitale de la province, grâce aux contacts qu'il entretient avec des intermédiaires parisiens. Même si mon père souhaite qu'un de ses fils le rejoigne un jour dans la charge de Lille, il se sent encore jeune, jaloux de son indépendance et de sa liberté de mouvement. Il a trois fils, rien ne presse. Que l'un d'entre eux puisse aller à Paris est de nature à le séduire. Dans les moments décisifs, il utilise une formule affectueuse : « Allez courage, hardi petit ! » Mon frère, Gilbert Dupont, lui succédera à la tête de la charge* familiale. Il la développera avec dynamisme et efficacité, puis, en 1988, se rapprochera du Crédit du Nord.

A Paris, étudiant de Sciences Po, je milite à la conférence Olivaint, animée par un jésuite, le père Huvenne. Il s'agit d'une association para-universitaire sise rue de Grenelle, qui rassemble des étudiants de formation variée, et dont le but est de susciter des vocations politiques. Dans ce club, indépendant de tout parti, on s'exerce à l'art oratoire, à la rédaction d'articles de presse et à l'accueil de personnalités politiques venues exposer leur expérience. Fin 1956, le diplôme de Sciences Po en poche, je rejoins Saumur avec deux ans et demi d'armée en perspective. A la gare d'Austerlitz, nous nous retrouvons entre étudiants fraîchement diplômés d'institutions plus ou moins prestigieuses. Les uns et les autres, nous avons voulu Saumur. L'école garde tout son prestige. On y forme encore un peloton à cheval au milieu des automitrailleuses EBR. Nous discutons bruyamment sur ce qui nous attend, conscients que, à un moment ou à un autre, nous serons envoyés en Algérie.

A Saumur, les conversations de potaches sont terminées. De jeunes officiers d'active à peine plus âgés que nous nous encadrent. Ces officiers remarquables d'enthousiasme et de désintéressement ont la mission de préparer les jeunes officiers de réserve, les EOR, en partance pour l'Algérie, ce qui sous-entend des responsabilités lourdes de risques. Dans ma promotion, plusieurs disparaîtront au combat. Quand ils viennent nous inspecter au pied de nos lits dans nos chambrées, sanglés dans leurs uniformes, képi bleu ciel sur la tête et bottes reluisantes, nous remarquons qu'ils arborent la Légion d'honneur rapportée d'Indochine. Nous ne disons rien, mais nous sommes impressionnés.

Il faut six mois pour sortir aspirant ou sous-lieutenant pour les meilleurs. A l'intérieur de chaque brigade, deux élèves de la promotion précédente assistent l'officier d'active responsable. C'est la tradition. J'accepte la proposition qui m'est faite et je reste six mois de plus, avec la promotion suivante. Affecté au 1er chasseurs d'Afrique à Rabat à la sortie de Saumur, je rejoins le régiment qui s'embarque pour l'Algérie dans les premiers mois de l'année 1958. Nous nous installons à Médéa, à cent kilomètres au sud d'Alger. A peine arrivé, le général Chrétiennot me demande de participer à la préparation du référendum sur la nouvelle Constitution, prévu au mois de septembre. « Vous êtes Sciences Po, c'est ce que je recherche. » Je quitte mon unité pour rejoindre le cabinet du général Roy qui commande la zone sud-algéroise. Pendant ces deux années et demie d'armée, j'apprends beaucoup de la société militaire, traversée dans ces moments cruciaux d'interrogations et d'inquiétudes politiques.

Fiancé depuis le printemps 1956, j'épouse Marie-Alice Chatel lors d'une permission en octobre 1957. Les Chatel sont maîtres de forges à Bayard en Haute-Marne, mais Marie-Alice a été élevée à Paris. La famille Chatel fait mon admiration. Pierre Chatel, le PDG de la société, a succédé à son beau-père. Avec son fils François, ils dirigent ensemble les Fonderies de Bayard et de Saint-Dizier. La famille est minoritaire dans le capital, la majorité appartenant au groupe Pont-à-Mousson. Curiosité pour l'innovation technologique, gestion rigoureuse et sens de la diplomatie lui ont permis de conserver la confiance des dirigeants du groupe lorrain et d'assurer tant la prospérité que l'autonomie de leur entreprise. J'aurai l'occasion de me souvenir de cette expérience originale qui s'achèvera quand le nouvel ensemble Saint-Gobain Pont-à-Mousson, aujourd'hui Saint-Gobain, prendra le contrôle total de ses filiales en 1975.

Début 1959, je rentre en France sans avoir participé aux opérations sur le terrain. Je fais connaissance avec joie de mon fils Xavier, né entre-temps et qui porte, comme le veut la tradition, le même prénom que ses père, grand-père et arrière-grand-père. Tout me convainc de commencer ma carrière professionnelle dans la capitale, que ce soit à la Bourse ou dans une banque. Sur la Place de Paris, le champ d'action apparaît infiniment plus varié et plus diversifié. La cote y dispose d'un gisement de sociétés françaises et étrangères d'une grande richesse et souvent renouvelées. Les sociétés candidates à une introduction veulent d'abord la cote de la capitale. Le déclin des Bourses de province se profile. Le rapport de Georges Lutfalla au Conseil économique et social en 1960 le résume bien, évoquant « l'effacement des marchés locaux depuis la fin de la Seconde Guerre mondiale, [...] leur régression lente mais certaine, par le fait d'une centralisation inexorable. »

Il est clair que la fragilité des intermédiaires régionaux s'est accrue, parfois au prix de drames personnels. Survivent encore des agents de change dits « sans parquet » à Orléans, Versailles, Agen, Le Havre ou Toulon. Isolés, détenteurs d'un monopole devenu purement fictif, ils développent une activité assez éloignée de leur vocation d'origine. Ils se sont transformés en conseillers financiers, sans véritable garantie pour leurs clients. Inquiète, la Chancellerie, leur tutelle, décide leur suppression en 1959.

Les parquets de province, de leur côté, regroupés traditionnellement en compagnies régionales depuis les années 1820, ne présentent pas tous la même solidité. Lyon possède une bonne réputation, avec un monopole confortable sur une cote encore bien achalandée. Les autres parquets se valent à peu près, à l'exception de celui de Marseille, marqué par le scandale Jacquet-Francillon. A la fin des années 1950, celui-ci défraie la chronique, jette une ombre sur les Bourses de province et provoque une tension dans les relations entre ces dernières et Paris.

En 1957, des contrôles inopinés ont révélé que la charge Jacquet-Francillon affichait plus de 2 milliards de francs de position en actions de la Banque de Paris et des Pays-Bas, Française des Pétroles et Royal Dutch Shell, toutes cotées à Paris. Les instructions du syndic de Marseille, qui interdisent aux charges de détenir une position à terme supérieure à 250 millions de francs, n'ont pas été respectées. Deux charges parisiennes ont exécuté les ordres de Jacquet-Francillon et ont porté dans leurs livres la position sur les titres* négociés à la Bourse de Paris. La faillite de la charge marseillaise prononcée, la liquidation prend du temps. On en parle encore lorsque j'arrive en 1959. Cette affaire suscite l'ire de la Compagnie des agents de change de Paris. A la Corbeille, on pense que les confrères parisiens, en acceptant les ordres de leurs confrères marseillais, ont ouvert une brèche dans la procédure engagée qui permettra à la Compagnie marseillaise de mettre à contribution la caisse commune de Paris. Le climat s'alourdit. A Paris, on considère qu'il revient aux confrères de province, si chatouilleux de leur indépendance, de constituer leur propre fonds de garantie pour la sécurité de leurs clients. A Marseille, on se dit incapable de dégager les moyens financiers correspondants.

C'est sur cette toile de fond que mon père rend une visite amicale à Henri Mollard, courtier en valeurs mobilières* à Paris. Celui-ci lui fait part des problèmes de succession qui agitent les trois associés de la maison. Aucun d'entre eux n'a de successeur désigné ou intéressé. Ils souhaitent accueillir et former une personne jeune pour prendre le relais. Il s'agit certes d'une maison de coulisse*, loin de bénéficier du prestige et de l'aura d'une charge d'agent de change. La distinction est d'importance, comme je l'expliquerai plus loin. Mais la possibilité de s'introduire dans le milieu de la Bourse par la petite porte me séduit et prend des allures de défi. Au demeurant, si l'expérience n'était pas concluante, j'aurai au moins appris à quoi ressemble un marché financier. Je tente ma chance.

Je franchis les portes de la maison Dumait-Mollard-Dubois le 4 janvier 1959. J'ignore alors tout de la Bourse. Ma seule culture en la matière repose sur les échanges entendus dans ma jeunesse autour de la table familiale. A Science Po, j'ai été nourri du lait du dirigisme à la française, des vertus du Plan, des idées de Keynes. J'adhère à la religion du service public, symbole de compétence et de désintéressement. Le monde du privé relève d'une autre sphère, inconnue et mystérieuse.

Dumait-Mollard-Dubois a son siège au 42, rue Notre-Dame-des-Victoires, au-dessus de *Chez Gallopin*. Ce célèbre restaurant vit au rythme des aléas du marché dans l'euphorie des hausses de la Bourse ou la grisaille des marchés atones. Les fenêtres en façade donnent directement sur les colonnes du palais Brongniart. De ce poste d'observation, je peux suivre le flux montant et descendant de la marée des professionnels qui se rendent à la Bourse ou qui en sortent. Les agents de change ont leur entrée réservée et leur vestiaire. Au fur et à mesure des décès ou des départs à la retraite, on se déplace d'un crochet. C'est le tourniquet de la mort !

La vivacité d'Henri Mollard surprend toujours ses interlocuteurs. Lors de la guerre de 14-18, il est devenu agent de liaison entre les régiments au combat et a ramené de ces temps difficiles la médaille militaire. Curieux de tout, il aime rencontrer les dirigeants d'entreprise, voir, selon son expression, « leur bobine ». Il est persuadé que le manager fait la valeur de l'entreprise. Dans des assemblées générales alors peuplées d'actionnaires respectueux et muets, il n'hésite pas à questionner directement les présidents. Il cherche par exemple à savoir combien le chef d'entreprise possède d'actions de sa propre société. Selon Henri Mollard, cette information donnerait confiance aux actionnaires ! Surpris, intrigués, agacés quelquefois, ceux-ci s'intéressent à ce personnage qui ne manque pas de culot.

Son audace ne s'arrête pas là. Il décerne aux uns des compliments pour les bons résultats annuels de l'entreprise, reproche aux autres le manque de visibilité de perspectives incertaines. Année après année, assemblée générale après assemblée générale, les actionnaires commencent à apprécier cet homme qui leur permet d'en savoir davantage. Proches au contraire des administrateurs, les agents de change réprouvent une façon de faire trop cavalière à leurs yeux. Une telle attitude, alors iconoclaste, annonce pourtant un appétit pour une information abondante et transparente de la part des sociétés cotées.

Nous sommes l'une des maisons les plus remuantes d'une profession traditionnellement plus mordante, plus incisive que celle des agents de change. Les courtiers en valeurs mobilières cherchent toujours à en savoir davantage. Dumait-Mollard-Dubois se fait ainsi montrer du doigt pour quelques interventions trop appuyées auprès des sociétés. Les agents de change estiment qu'interroger publiquement en pleine assemblée générale le président d'une société cotée sans avoir pris quelques précautions oratoires, ou même en l'ayant prévenu, n'est vraiment pas convenable.

Henri Mollard m'accueille dans son petit bureau Arts déco, très intimiste. Le mobilier est en placage d'acajou rehaussé de colonnes du même bois. La pièce, quant à elle, est à double entrée et permet à son assistante, Huguette Dubert, de s'installer en face de lui et de prendre des textes en sténotypie. Après ses visites à l'extérieur auprès des dirigeants d'entreprises, il dicte aussitôt ses impressions et prépare des notes avant de les diffuser à ses clients. L'atmosphère pourrait être anglaise si l'homme, de petite taille, toujours en mouvement, ne donnait pas un sentiment de fébrilité et de saine curiosité.

« Voici le fils de mon ami Dupont... Vous portez le même prénom que votre père ?

– C'est d'un usage fréquent dans le Nord, j'ose répondre.

– Rappelez-moi ce que vous avez fait... Vous savez, les études, c'est bien, mais rien ne vaut la formation sur le terrain. Il faut en passer par là. »

Sur la réserve, j'écoute des propos qui n'ont rien à voir avec ce que l'on m'a enseigné à Sciences Po.

« Ah oui, votre salaire ! Quelle était votre dernière solde de sous-lieutenant ?

– 950 francs.

– Eh bien, on pourrait arrondir à 1 000 francs et se revoir dans trois mois ! Qu'est-ce que vous en dites ? »

Ai-je vraiment la possibilité de discuter ? L'autorité de mon interlocuteur l'emporte. Peu à peu, je découvre le monde clos d'une petite société de quarante personnes.

Arthur Dumait, Henri Mollard et Roger Dubois, les trois associés, ont acquis leur position à la force du poignet après avoir gravi les échelons de l'entreprise. Le paternalisme imprègne les relations humaines. Ils entretiennent avec leur personnel des rapports faits de camaraderie et de fermeté mêlées. Ainsi acceptent-ils volontiers de déjeuner avec leurs collaborateurs, une pratique rare dans les banques à l'époque.

Tous les trois ont commencé très jeunes comme « grouillots » chez Marcel Lallé, banquier en valeurs. Chacun d'eux, au fil des années et des circonstances, en fonction de leurs goûts et de leurs capacités, s'est constitué son fonds de commerce. Associés, ils cohabitent sans se gêner, sans se concerter, sans véritable stratégie. Ils se sont spécialisés par type de clientèle : Roger Dubois visite les banquiers, Arthur Dumait rencontre les entreprises, Henri Mollard conseille les particuliers.

Je ne me souviens pas d'avoir été sollicité par eux pour participer à une réunion, pour la bonne et simple raison qu'ils n'en organisent jamais. L'information circule par les portes toujours ouvertes de leurs bureaux communicants et par les relations très proches et directes qu'ils entretiennent avec leurs employés dont certains sont entrés en même temps qu'eux dans la maison.

A l'intérieur de la maison de courtiers, l'actualité de la journée s'ordonne autour de la séance de Bourse qui débute à 12 h 30. Je rejoins l'équipe des fondés de pouvoir et de leurs collaborateurs commerciaux qui travaillent ensemble autour d'une grande table de bois très simple équipée de téléphones, préfigurant les méthodes de travail collectives dans les salles de marché. Je participe à la recherche de renseignements commerciaux et financiers sur les sociétés cotées et au développement des contacts avec les clients. Je suis bien dans une entreprise privée, tendue vers le développement de son chiffre d'affaires et de ses résultats. La concurrence entre les divers intermédiaires boursiers est vive. Les affaires ne viennent pas toutes seules ! Il faut déployer une certaine agressivité commerciale, ce à quoi mes études ne m'ont guère préparé. Arthur Dumait, Henri Mollard et Roger Dubois nous incitent à rencontrer les dirigeants des entreprises cotées et nous envoient à leurs assemblées générales annuelles. La récolte d'informations terminée, chacun rejoint son bureau et rédige rapidement des notes d'informations financières destinées à nos clients.

En cette fin des années 1950, l'analyse financière n'existe pas encore. Les démarches que nous menons auprès des entreprises ne sont pas toujours très appréciées. Les entreprises cotées veillent jalousement au secret de leurs affaires. Elles sont fort peu disposées à informer les curieux sur leur situation financière, et se soucient encore moins de délivrer en milieu d'année, le plus souvent en juillet, la moindre opinion sur ce que pourraient être les résultats de fin d'exercice. C'est pourquoi le petit monde boursier vit dans la routine. Au royaume des probabilités, on ne prend pas grand risque en indiquant à ses clients investisseurs que les bénéfices de la société visitée du premier semestre ne doivent pas être obligatoirement multipliés par deux, que la rentrée d'octobre s'annonce orageuse et que l'expérience passée incite à la plus grande prudence sur les résultats définitifs...

La Société française des analystes financiers ne sera créée qu'en 1961 à l'initiative de Bruno Roger, associé chez Lazard, Pierre Cabon, directeur à la BIMP[1], Géraud de Labeau, de la banque La Hénin, et Geoffroy de Murard, de la BUP[2]. Elle stimulera, organisera et assurera la promotion de l'analyse financière et donnera naissance au métier d'analyste financier en France.

1. Banque industrielle et mobilière privée.
2. Banque de l'union parisienne.

Le monde dont je fais désormais partie ne croit qu'à la formation sur le tas. Diplômes ou pas, les jeunes arrivants doivent se faire la main sur les marchés à la criée, au centre même de l'agitation et de l'excitation quotidiennes. Je suis ainsi affecté sur le groupe de criée où se négocie la Compagnie des machines Bull, fleuron des sociétés cotées par les courtiers. Seconde entreprise mondiale d'ordinateurs derrière IBM, Bull connaît une croissance spectaculaire de 20 % par an. Son potentiel de développement apparaît impressionnant, compte tenu du parc mécanographique de ses clients à installer ou à remplacer. Le titre s'envole vers les 1 300 francs. Rien ne laisse présager l'orage qui s'abattra sur l'entreprise peu de temps après.

Il me faut maintenant pénétrer dans le palais Brongniart, ce grand supermarché de la Finance où se bousculent quotidiennement les agents de change, les courtiers, les banques et leur personnel. Les commis de Bourse convergent de la rue Vivienne, de la rue Montmartre, de la rue Notre-Dame-des-Victoires. Ils tiennent à la main leur « carnet ». Les ordres reçus le matin ont été soigneusement classés dans l'ordre des cotations au tableau noir.

Un commis chevronné m'accompagne. J'apprends la signification de deux paroles sacrées, matérialisées par deux gestes éminemment symboliques : « J'ai », pour vendre, tendant le bras et la main vers l'extérieur ; « Je prends », pour acheter, ramenant le bras et la main sur la poitrine.

Progressivement, la confiance s'installe. Je participe à la confrontation musclée, quelquefois agressive, des acheteurs et des vendeurs. Je découvre l'humour populaire qui fait rire et qui détend au milieu des vociférations des groupes de criée. Je découvre que beaucoup de commis d'agents de change portent un surnom en relation avec un trait physique ou un aspect de leur personnalité. Je fais connaissance de la Rillette parce qu'il est natif du Mans, de la Brindille parce qu'il est filiforme, ou de la Douleur parce qu'il est toujours triste...

Encore faut-il oser s'imposer avec autorité et compétence, faire respecter sa maison. Une fois la Bourse fermée, le dépouillement des opérations commence alors dans une agitation extrême où se mêlent appels téléphoniques, interpellations des commis entre eux, pluie de commentaires sur les grands écarts du jour et plaisanteries plus ou moins fines que ne renieraient pas les titis parisiens. Mais quelle dépense d'énergie dans un décor un peu poussiéreux, aux comportements codés et aux attitudes parfois coincées ! A l'aube de la deuxième décennie des Trente Glorieuses, ce monde boursier semble directement issu du XIXe siècle.

En cette fin des années 1950, l'inflation continue de serpenter au cœur de l'activité économique sans que les politiques réussissent à l'endiguer. A la Bourse, la course-poursuite salaires-prix pousse les syndicats à réclamer des hausses de salaires de 15 %. On leur accorde la moitié, 7,5 %. Le boom des sociétés pétrolières, Esso Standard, Française des Pétroles, les REP (vocable qui désigne les sociétés de recherche et d'exploitation pétrolière) accapare l'attention du marché et lui donne un éclat spéculatif considérable. Délaissé par les investisseurs, le reste de la cote sommeille.

Tel un leitmotiv, l'interrogation sur la rentabilité des intermédiaires revient sans cesse. Dans le cadre de la lutte contre l'inflation, le Trésor veut baisser les frais de courtages*, au moins sur les obligations*. Mais dès lors comment faire pour susciter de nouvelles ressources pour les intermédiaires, courtiers et agents ? Une redevance de cotation, payée par les sociétés, arrangerait bien les choses. De même, l'enregistrement obligatoire chez les agents de change des transactions hors marché générerait un flux de recettes précieux. Toutes ces questions se discutent au Comité des Bourses de valeurs qui ne tranche pas. La décision d'introduire à Paris des sociétés étrangères, britanniques et surtout américaines, n'interviendra qu'en 1959.

Pendant que je m'initie à mon nouveau métier, agents de change et courtiers s'agitent sous la pression de leur autorité de tutelle. Le directeur du Trésor, Maurice Pérouse, se propose de les fusionner. J'ai de nombreuses discussions avec mon père. Nous pressentons qu'une opportunité se dessine. Moderne Cendrillon, la simple maison de coulisse Dumait-Mollard-Dubois peut se métamorphoser en charge d'agent de change.

En 1960, à l'occasion du centenaire de la Bourse de Lille organisé par mon père, syndic de la Compagnie des agents de change de Lille, les Parisiens débarquent, avec, en tête, Maurice Pérouse et Pierre Sellier, le syndic de la Bourse de Paris. Mon père déploie auprès d'eux un lobbying actif. Il ne manque pas de me pousser en avant alors même que je ne suis qu'un modeste fondé de pouvoir de la coulisse que les agents de change méprisent cordialement. Anticipant les changements à venir et se sentant vieillir, Arthur Dumait, l'un des trois mousquetaires, se déclare prêt à me céder sa place en qualité de gérant aux côtés d'Henri Mollard et de Roger Dubois. Il faut constituer une équipe plus jeune. Un protocole privé est signé avec Arthur Dumait, au terme duquel il me vend sa position dans la gérance et, plus précisément, le pourcentage dans les bénéfices de la maison. Les parts acquises de la société, pour la somme de 350 000 francs de l'époque, seront financées par le reversement de ma part dans le bénéfice sur une durée de cinq ans.

Me voilà devenu courtier. Pourtant, comme Chimène, je n'ai d'yeux que pour les agents de change, réunis au sein de cette prestigieuse Compagnie dont je n'imagine pas qu'un jour je la présiderais, avant de la bouleverser.

3

Courtiers et agents de change

Cette journée de la fin décembre 1961 reste gravée dans ma mémoire. Le syndic des agents de change Pierre Sellier reçoit en grande pompe dix-huit impétrants, ex-courtiers en valeurs mobilières, devenus agents de change par décret. Le moment est historique. Deux professions boursières biséculaires vont fusionner officiellement le 1er janvier 1962. Consécration suprême, les courtiers en valeurs vont devenir agents de change.

Courageux, respectueux des traditions, habile négociateur et capable de décisions, Pierre Sellier réunit en lui un faisceau de qualités propres à séduire ses confrères. Il a été élu syndic en décembre 1953. Succédant à la mandature sans relief de Louis Baudoin, il présidera la Compagnie dix ans de suite. Cet officier d'artillerie en 1940 porte avec fierté le titre d'officier ministériel. Comme syndic, il représente avec brio la Compagnie des agents de change de Paris, tout en sachant discerner les évolutions de la profession. Bien installé dans l'existence, il est heureux de vivre et ne s'en cache pas. A la Corbeille, on le trouve olympien. Adroit, il aime le contact et tisse autour de lui un réseau d'amitiés parmi les grands banquiers et les hommes politiques des années 1950. C'est un familier de Wilfried Baumgartner, gouverneur de la Banque de France, et de Pierre Calvet, le président du Comité des Bourses de valeurs. Le marquis de Flers, président de la Banque de l'Indochine, Olivier Moreau-Néret, président du Crédit lyonnais, Jean Reyre, directeur général de la Banque de Paris et des Pays-Bas, ou Georges Villiers, président du CNPF, font partie de ses interlocuteurs privilégiés.

Agents de change, courtiers... pourquoi deux professions, si proches et si différentes ? Tout commence au Moyen Age. Franches ou non, certaines villes obtiennent des droits moyennant leur reconnaissance du prince ou du roi. Elles commercent entre elles, ou avec l'étranger. Une économie monétaire voit le jour, dans laquelle aucune monnaie ne prend le dessus. Voilà pourquoi le métier de changeur devient florissant. Il gagne sa vie en prenant une commission lors de chaque opération. En France, les changeurs connaissent leurs heures de gloire aux XIIe et XIIIe siècles, dans les foires de Champagne, à Provins, Lagny-sur-Marne, Troyes, dont le déroulement est possible grâce au système des « paiements », étalés sur deux semaines. On procède d'abord aux transactions, puis aux règlements des banques. Les opérations au comptant viennent en premier, puis les opérations différées sur les transactions réalisées lors des foires précédentes.

Les premiers établissements naissent dans le sillon commercial et financier tracé par les foires. Le mot Bourse est inventé à Bruges, alors carrefour maritime entre la Méditerranée, d'où viennent les Vénitiens et les Génois, et la mer Baltique, tenue par la Hanse germanique. A la charnière des XIIIe et XIVe siècles, un aubergiste de la ville, un certain Van Der Börse, y fait office d'entreposeur de marchandises, puis de courtier. Le blason familial est composé d'un bouclier d'or traversé d'une bande de gueule et de trois bourses d'argent. Börse deviendra « Bourse », un vocable qui sera repris dans tous les pays d'Europe. Sauf en Grande-Bretagne, où s'impose au XVIIe siècle l'expression Royal Exchange, qui traversera par la suite l'Atlantique. En France, la première Bourse naît sans doute à Lyon vers 1530-1540, suivie d'autres un peu partout dans le royaume – sauf... à Paris –, à Toulouse en 1549, à Rouen en 1566, à Bordeaux en 1571, et ce sous des appellations variées : place, loge, estrade, convention...

Puis le pouvoir royal s'en mêle et légifère. En 1572, le roi Charles IX crée les offices spéciaux de « courtiers de change, de banque et de marchandises ». Sous le règne d'Henri IV, un édit de 1598 autorise la création de huit offices à Paris et de trente-deux en province. En bord de Seine, leur nombre passe à une trentaine en 1638 ; ils prennent la dénomination d'agents de change et de banque. L'ordonnance de 1673 sur le commerce de Louis XIV donne aux agents de change et de banque le monopole du courtage des lettres de change. En 1684, les agents de change se dotent pour la première fois de statuts. Ceux-ci précisent notamment qu'ils doivent être de religion catholique. En 1705, un édit royal stipule la nécessité du secret professionnel. Les agents, qui paient entre 20 000 et 60 000 livres leur fonction, obtiennent le monopole de la négociation des effets publics.

L'expérience douteuse de l'Ecossais John Law avec ses boursicoteurs à chaque coin de rue montre ensuite qu'il faut organiser le marché parisien. En septembre 1724, un édit de quarante et un articles établit enfin une Bourse à Paris.

« Il sera incessamment établi dans la ville de Paris un lieu appelé Bourse dont l'entrée principale sera rue Vivienne », précise le premier article. Elle sera « ouverte tous les jours sauf dimanches et fêtes de 10 heures du matin jusqu'à 13 heures de l'après-midi », ce qui correspond à une cotation en discontinu. Toutes les transactions de lettres de change, billets au porteur ou à ordre, papiers de commerce et autres effets s'effectuent exclusivement à la Bourse, à l'exception des marchandises qui peuvent se vendre dans les foires, halles et marchés. Les agents de change ne conservent le monopole que des effets royaux. Pour la petite histoire, les agents de change doivent être des Français et des hommes. Les femmes sont, pour on ne sait quelle raison (leur humeur accroîtrait-elle les folies du marché boursier ?), rigoureusement exclues : « Elles ne peuvent entrer à la Bourse pour quelque cause ou prétexte que ce soit. » Le beau sexe devra attendre deux siècles et, sur l'initiative de Valéry Giscard d'Estaing, ministre de l'Economie et des Finances, l'année 1967 pour être à nouveau autorisé à entrer à la Bourse de Paris.

La volonté d'éviter les excès de la spéculation de Law est omniprésente. On ne saurait laisser à elle-même la profession. L'activité d'un agent de change est strictement encadrée : il doit recevoir l'argent ou les effets de son client avant l'heure de la Bourse, il n'est censé traiter qu'avec ses collègues, il lui est interdit d'annoncer le prix des effets à voix haute et de faire aucun signe pour les faire baisser ou monter. Lorsque deux agents parviennent à un accord lors d'une négociation, ils se donnent réciproquement leurs billets avec promesse de se fournir, le jour même, l'un les effets négociés, l'autre l'argent correspondant. Chaque billet ainsi échangé doit porter le numéro sous lequel la négociation est inscrite sur le carnet de l'agent qui donne le billet et montrer le numéro fourni par l'autre agent, afin que l'un serve de renseignement et de contrôle à l'autre.

C'est pourquoi, face à des transactions modestes, le nombre d'agents de change reste limité. Tombé à trente en 1724, il remonte à quarante en 1775, puis à soixante avant la Révolution, tous installés à proximité des Halles. En 1774, la Corbeille est créée. On l'appelle alors le parquet[1], nom de l'estrade en bois dont l'origine est iden-

1. Par extension, le parquet désignera l'ensemble des titres cotés à la cote officielle, par opposition à la coulisse.

tique à celle du parquet judiciaire. Les agents de change sont seuls à pouvoir y pénétrer. A partir de 1786, ils peuvent élire leur syndic, qui s'entoure d'une Chambre syndicale*, composée de représentants élus par leurs pairs. La profession s'organise.

Soucieuse de supprimer l'agiotage, la Révolution va faire disparaître ce qu'elle croit en être le mécanisme central, à savoir la Bourse. Le 6 mai 1791, la Corporation des agents de change est dissoute, les offices sont supprimés. Désormais, toute personne peut exercer cette profession. Aussitôt, les spéculateurs resurgissent. Ils s'installent au Louvre, puis au Palais-Royal et enfin dans l'église des Petits-Pères, près de la place des Victoires. Il faut rétablir comme un mal nécessaire ce vice que l'on vient d'abolir. Thermidor et la loi du 6 floréal an III (20 avril 1795) ouvrent de nouveau la Bourse. Le Directoire fait renaître la Corporation des agents de change.

« Ils seront quatre-vingts, pas un de plus », martèle en 1801 Napoléon Bonaparte, Premier Consul. C'est l'arrêté du 3 messidor an IX (20 juin 1801) qui, limitant ainsi le nombre d'agents de change, annonce une longue politique de *numerus clausus.* La loi du 28 ventôse an IX (19 mars 1801) recrute les agents de change sur la base de l'honnêteté et de la moralité : « Désignés par le gouvernement à la confiance publique, l'Etat, comme un négociant qui les emploie, trouve dans le cautionnement le gage de leur bonne conduite ou de l'expiation de leurs erreurs ou de leurs fautes. » Le préfet de police est chargé de la police générale de la Bourse, la Chambre syndicale est désormais constituée d'un syndic avec six adjoints. Cette réglementation durera près de deux siècles et servira de modèle aux marchés européens de culture latine, comme l'Italie, l'Espagne ou la Belgique. Peu de temps après, la loi du 27 prairial an IX (21 mai 1801) définit le lieu des transactions : « Il sera établi à la Bourse de Paris un lieu séparé et placé à la vue du public dans lequel les agents se réuniront pour la négociation des effets publics. » Le 24 août 1808, les travaux de la construction d'une Bourse commencent sous la houlette d'Alexandre Brongniart. Ce sera le palais Brongniart que nous connaissons tous. Le paysage de la Bourse est en place. Il durera près de deux siècles.

Napoléon sera toujours méfiant à l'égard de la Bourse et des boursiers. Sa conversation avec Mollien, ministre des Finances, est symptomatique. « Je me demande, dit l'Empereur, si l'on ne doit pas regarder comme des malveillants ceux qui, pour arrêter les effets publics, offrent d'en livrer dans un délai convenu des quantités considérables à un cours plus bas que celui du jour. » Son interlocuteur lui répond, mi-résigné, mi-réaliste : « Quant à ces marchés à terme qui se font en Bourse et auxquels on oppose la législation et la morale, je crois avoir trouvé que la morale ne s'y opposerait pas... Ni le carcan, ni la prison, ni le code pénal ne sont jusqu'à présent venus à bout du marché à terme. »

Le long siècle qui court de la Restauration à l'entre-deux-guerres, voire aux années 1960, m'inspire des sensations mêlées. On y constate, à nouveau, l'abondance ou la surabondance de la législation qui réglemente notre profession. Telle Pénélope, celle-ci tisse sa toile le jour après l'avoir détricotée la nuit. De 1800 à 1967, 46 lois, 57 décrets et 19 arrêtés sont édictés ! Roi ou empereur, quelles que soient les républiques, le législateur souhaite encadrer la Bourse. Il est donc dans la logique des choses d'attendre par exemple 1885 pour que soit reconnu et codifié le marché à terme. Les opérations à découvert, qui permettent une régularisation du marché et poussent à une plus grande sincérité des cours, sont enfin autorisées.

A l'exception des périodes fastes du Second Empire

et de la Belle Epoque, les épargnants portent un intérêt limité aux actions. Cette indifférence répond à une autre, celle des chefs d'entreprise à l'égard des valeurs mobilières. Tout au long du XIXe siècle, les entreprises financent leur développement par l'autofinancement, en capitalisant leurs résultats. L'épargne des ménages n'est sollicitée en Bourse que lorsque des secteurs économiques naissent ou s'enrichissent de nouveaux acteurs, comme les banques, les grands magasins, et que les besoins de capitaux sont très élevés. Elle est également appelée à la rescousse pour le financement des grandes infrastructures.

Un texte de loi jalonne cette période faste, notamment au moment de l'euphorie boursière que connaît le Second Empire. La loi du 2 juillet 1862 permet aux agents de change de s'adjoindre des bailleurs de fonds pour acquérir les capitaux nécessaires à la gestion de leurs charges. Elle stipule notamment que le titulaire doit toujours être propriétaire, en son nom personnel, du quart au moins de la somme qui représente le prix de l'office et le montant du cautionnement. L'analyse des statuts de cent quarante-cinq sociétés d'agents de change constituées dans la deuxième moitié du XIXe siècle à partir des dossiers personnels conservés par la Chambre syndicale montre que, de 1850 à 1870, l'agent de change apporte en moyenne un quart du capital nécessaire et ses associés les trois quarts restants. Les métiers de la Bourse offrent donc une possibilité d'ascension sociale à des jeunes commis prêts à prendre des risques. C'est un phénomène propre à une économie capitaliste jeune et dynamique, proche de ce que nous venons de connaître aujourd'hui avec les start-up de la e-économie.

La Bourse connaît son apothéose pendant la Belle Epoque. La simplicité du mécanisme du marché attire des investisseurs internationaux. Et surtout, la Compagnie des agents de change, responsable du fonctionnement du marché, accorde sa garantie solidaire aux engagements de ses membres, assurant la bonne fin des opérations, ce qu'aucun autre marché dans le monde n'offre alors. Un exemple ? La chute en 1882 de la banque de l'Union générale, créée seulement quatre ans plus tôt. Ses cours s'effondrent après l'annonce de mauvaises affaires. La liquidation* de janvier est assurée grâce à un emprunt de 80 millions de francs obtenu auprès des banques, et gagé sur la valeur des soixante charges d'agents de change. Belle mobilisation de la Place, qui associe les professionnels de la Banque et de la Bourse, et qui nous donne une idée de la valeur patrimoniale moyenne d'une charge !

De nouveaux textes de loi continuent à enserrer le fonctionnement des marchés. En 1890, la Chambre syndicale reçoit des attributions élargies. Elle devient une chambre de discipline qui joue un rôle de médiateur dans les différends entre membres et avec les tiers, administre une caisse commune de garantie et représente la profession. A la veille de 14-18, le métier d'agent de change a gagné ses lettres de noblesse. Une évolution sociologique des candidats propriétaires de charges fait ressortir la montée en puissance de dynasties familiales, la disparition des négociants et boutiquiers, la prépondérance des professions libérales. Le temps des entrepreneurs s'achève. La profession se patrimonialise, s'embourgeoise.

La Grande Guerre balaie cet âge d'or. L'internationalisation de l'épargne nationale est enterrée avec la loi du 31 mai 1916, qui interdit l'émission, la mise en vente et l'introduction sur le marché français de valeurs mobilières étrangères. L'heure est au nationalisme et à la souscription des bons de la Défense nationale, puis, après 1918, des bons de la Reconstruction. L'épargnant est à nouveau attiré par les titres à revenu fixe que l'on retrouve mécaniquement en période d'inflation. La Bourse perd pour plusieurs décennies son rôle de financement de l'économie. Les banques, largement implantées dans les villes, drainent l'essentiel des flux d'épargne et tiennent le marché primaire. A l'heure de la montée du protectionnisme et de l'interventionnisme d'Etat, il n'est pas anormal que les agents de change se recroquevillent sur eux-mêmes.

En 1921, la Compagnie des agents de change procède à l'élection de Louis-Edouard Jacob comme syndic. De haute taille, séduisant, passionné par son métier, un rien hautain, il est considéré par ses pairs comme l'un des agents de change les plus brillants de sa génération. Au fil des ans, le syndic Jacob devient le pivot incontournable de la Place. Son avis est très couru. Jacob prend très au sérieux la mission de la Compagnie en charge du fonctionnement du marché et insiste sur la responsabilité de l'institution à l'égard des porteurs de rentes. Parallèlement, il entretient des relations très étroites avec les pouvoirs publics. Il rend souvent visite aux ministres et au directeur général du mouvement général des fonds à la Banque de France.

Les hommes politiques passent, le syndic reste. Attentif à la réputation de la Compagnie, Louis-Edouard Jacob ne supporte guère les attaques de la presse, comme celles du *Journal des débats*, qui mettent en cause le comportement des agents de change et leurs collaborateurs dans l'exercice de leur métier de faiseurs de prix. Pour le syndic, les commis de Bourse, surtout lorsqu'ils sont chargés de la constatation des cours sur les marchés à terme, doivent être des honnêtes gens. Les abus, s'ils sont constatés, ne sauraient être tolérés et doivent être sévèrement punis : il en va du bon renom de la Compagnie. Un seul remède : des marchés à la criée, car tout le monde y gagnera en élargissant les volumes de transactions.

L'absence de transparence pour la cotation des marchés se double de la pauvreté d'informations mises à la disposition du public et des professionnels par les sociétés. Les dossiers d'admission à la cote sont étudiés essentiellement sous l'angle juridique par le service de la cote de la Chambre syndicale. Les motivations et les conclusions du service font l'objet de notes rédigées à l'intention de l'adjoint au syndic chargé de les rapporter verbalement à la Chambre syndicale. Elles ont un caractère sommaire et font, à juste titre, l'objet de critiques à l'occasion d'une enquête parlementaire en 1930. Le syndic s'en émeut et insiste pour que ces études, rédigées sur la base d'une documentation plus élaborée, prennent en compte une dimension élargie de l'entreprise. Les analystes financiers ne sont pas encore enfantés...

La crise de 1929 fragilise plusieurs charges, sans bouleverser l'équilibre général du système. Trois charges, de Laforcade, de Fontanges et Fauché, sont mises en difficulté par la faillite du groupe Devilder. Les titulaires ont imprudemment laissé celui-ci constituer d'importantes positions à terme dans leurs livres et ont accepté, en guise de couverture, des actions de sociétés appartenant à ce même groupe. Comme les cours s'effondrent, Devilder ne peut honorer ses comptes débiteurs. Les agents de change en difficulté doivent emprunter auprès de la caisse commune de la Compagnie pour assurer les règlements avec leurs confrères, puis se déclarent dans l'impossibilité de la rembourser. La Chambre tranche alors dans le vif : elle demande la démission des titulaires et la liquidation de leur charge. Les agents de change concernés, responsables sur la totalité de leurs biens personnels, sont contraints de payer. Ils doivent vendre leur portefeuille personnel, l'appartement à Paris, la villégiature en bord de mer, tout comme les voitures et les chevaux de course... C'est, à la lettre, la ruine personnelle et familiale. La Compagnie, elle, continue imperturbablement sa route.

En septembre 1939, plusieurs confrères sont mobilisés. Le 20 mai, la Chambre syndicale fait transférer par train spécial la masse des titres dont elle assure la conservation dans un lieu sûr et secret, un hôtel de Châtelguyon. Puis c'est l'impossible, l'humiliante défaite. Les Allemands occupent Paris. Si Louis-Edouard Jacob préside toujours la Compagnie, l'homme a vieilli, sa santé est devenue précaire. Les transactions, suspendues le 10 juin 1940, reprennent le 30 juillet, au comptant seulement. Après quelques semaines d'absence motivées par son seul état de santé, le syndic – qui n'est pas juif – fait connaître à la Chambre syndicale son intention de démissionner. Il le déclare solennellement devant ses pairs : « Il ne saurait être question pour moi de conserver une fonction sans être en mesure de l'exercer de façon effective et complète. »

Louis-Edouard Jacob s'en va mais son souvenir demeure vivace sur le parquet. On parlera toujours du Grand Jacob.

Marc Desaché est élu syndic par la Compagnie le 25 juin 1941. Il s'emploie à accélérer le retour de certains de ses confrères retenus en captivité et surtout à éviter le STO aux jeunes commis. En ces années d'Occupation, la Bourse fonctionne, les cours montent. A tel point que les autorités allemandes décident de bloquer les cours à la hausse. Faute de pouvoir acquérir des valeurs étrangères, les épargnants français achètent des valeurs françaises. Drôle d'atmosphère tout de même. La majorité des agents de change appartiennent au camp des raisonnables plutôt que des passionnés. Ces légitimistes reconnaissent l'Etat français tel qu'il est et affectent une neutralité prudente. Rares sont les confrères tentés par la collaboration, même si tel ou tel imprudent acceptera de recevoir dans sa charge un professionnel allemand qu'il a bien connu avant la guerre et qui se présente devant lui en tenue d'officier de l'armée allemande... Quant aux agents de change gaullistes, ils se comptent sur les doigts d'une main. Mais ils sont actifs et prosélytes. A la Libération, ils exigeront l'installation d'un jury d'honneur qui convoquera les imprudents et les sanctionnera d'une mise à pied de quelques mois.

Bien plus grave apparaît, en juin 1941, la publication de la seconde loi sur le statut des juifs, leur déniant toute qualité pour diriger une banque, une charge d'agent de change, une maison de coulisse, un cabinet d'avocat. Elle fait suite à deux ordonnances allemandes de septembre et octobre 1940, applicables en zone occupée, qui, notamment, définissent l'entreprise juive comme ayant un gérant juif ou plus d'un tiers de juifs dans son conseil d'administration et qui prévoient la vente des biens et des entreprises avec l'accord des autorités allemandes. Elle ne doit pas être confondue avec la loi du 22 juillet 1941 qui porte sur l'ensemble des biens meubles, comme les actions, les parts sociales, et immeubles, à l'exception de ceux qui servent « à l'habitation personnelle des intéressés, de leurs ascendants ou descendants ». Le produit de leur vente sera consigné à 90 % sur un compte ouvert à la Caisse des dépôts et consignations, le solde servant à couvrir les frais

A la Bourse, l'impact de cette loi est considérable. A la Corbeille, quatre charges sont dotées d'un administrateur provisoire. Chez les courtiers, sur quatre-vingt-quatorze maisons, trente-trois se retrouvent dans le même cas. Avec la législation de février 1942, les banquiers-coulissiers* sont supprimés et remplacés par des courtiers en valeurs mobilières. Les maisons d'origine juive disparaissent à cette occasion.

A cette époque, on brave aussi les interdictions. Les transactions sur l'or, les devises étrangères et les titres étrangers ne sont plus autorisées, mais c'est un secret de polichinelle qu'elles se poursuivent confidentiellement. Ces opérations ont lieu dans les cafés et les restaurants près de la Bourse. La manipulation est effectuée hors des bureaux et des couloirs. Ceux qui pratiquent ce qu'il faut bien appeler un trafic gagnent beaucoup d'argent et partagent avec tous les intervenants de la chaîne. On comprend donc qu'il n'y ait pas eu de dénonciations et que les descentes de police se soient révélées toujours vaines. Au pire, les possesseurs de pièces d'or ou étrangères vident leurs poches, ce qui fait le bonheur des... balayeurs !

La Libération chasse tous ces miasmes. Une fois les remous de l'épuration achevés, la corporation reprend son cours comme de si rien n'était. A l'heure où pointent les Trente Glorieuses d'une économie nouvelle, elle fait sienne les propos d'Alfred Pose dans *La Monnaie et ses institutions,* son ouvrage de référence, paru en 1942 : « L'agent de change, officier ministériel d'une honorabilité incontestable, convient bien à la Bourse d'une telle nation. Il lui assure une solidité, une moralité, une régularité qui sont nécessaires à notre pays terrien qui n'aime pas le jeu. Car il ne joue pas pour jouer mais pour gagner, et c'est pourquoi, lorsqu'il perd, il cherche des responsabilités. Le monopole des agents de change est [donc] une institution qui convient parfaitement à l'esprit français. »

Je m'en souviendrai quand je tenterai, plus tard, avec d'autres, de faire bouger cette vénérable maison.

A côté de la grande histoire des agents de change, corporation honorée de tous les privilèges d'Etat, les courtiers en valeurs mobilières relèvent d'une autre histoire, celle des outlaws et des corsaires. Ils entrent sans invitation dans le monde de la Bourse. Vers 1695, certains d'entre eux effectuent en toute illégalité des transactions sauvages, formant ce que nous appelons aujourd'hui un marché libre* ou hors cote*... Au XVIIIe siècle, mes prédécesseurs fréquentent dans la capitale un bâtiment ayant servi de magasin pour les décors de l'ancien Opéra, au centre de l'ancien enclos des Filles de Saint-Thomas. Le couloir qui mène au parquet est bordé de chaque côté d'une balustrade mobile à coulisses. D'où le nom de « coulisse ».

Les « coulissiers » s'installent ensuite passage des Panoramas, puis au café *Tortoni*, au coin du boulevard des Italiens et de la rue Taitbout, avant de se poser dans le péristyle du palais Brongniart, après son ouverture. Agissant comme banquiers en valeurs, ils participent eux-mêmes aux émissions et financent les projets industriels et commerciaux. Ils ne se limitent donc pas au rôle d'intermédiaires. En fait, leur activité est triple ou quadruple : fournisseurs d'ordres pour les agents de change, intermédiaires, souscripteurs de titres à l'émission, coteurs de titres étrangers interdits à la Corbeille.

Après des siècles de clandestinité, l'Etat reconnaît enfin la coulisse en 1858. Les courtiers sont habilités à coter les actions de chemin de fer, les nouvelles banques qui naissent : Crédit mobilier, Crédit foncier, Crédit industriel et commercial... ou les titres au nominal faible. Mais ils restent exposés aux foudres de la police et de la justice. En 1859, vingt-six d'entre eux sont condamnés à une amende de 10 000 francs. En 1885, un arrêt de la Cour de cassation prend en compte leur activité ; ils reçoivent un nom : « banquiers en valeurs ». En 1892, après d'interminables années de conflit, un *modus vivendi* intervient entre le parquet et la coulisse. Les coulissiers sont officiellement autorisés à effectuer des transactions en Bourse. Rapidement, la coulisse s'organise en deux syndicats, l'un sur les valeurs au comptant, l'autre sur les valeurs à terme, qui se font reconnaître par les pouvoirs publics. Les coulissiers s'installent sur le trottoir qui fait face au grand escalier de la Bourse, rue Vivienne. Ils passent un accord avec les agents de change pour réglementer les transferts d'ordre et fixer les taux de courtage. Agents de change et coulissiers sont obligés de faire bon ménage, même si les seconds restent, aux yeux des premiers, une sorte de troupe désordonnée qui ne saurait leur être comparée. Ne sont-ils pas surnommés « les Pieds humides » ?

Les dérèglements financiers de 14-18, la crise des années 1930 remettent en cause l'activité de banquiers en valeurs. Trop exposés et trop fragiles, les coulissiers cessent d'opérer pour leur compte propre et se replient sur leur position d'intermédiaires boursiers. Plus que jamais, ils aspirent à l'obtention d'un statut voisin de celui du parquet et obtiennent enfin satisfaction en février 1942. Un statut calqué sur celui des agents de change, quoique avec moins de contraintes, est promulgué.

Les courtiers en valeurs mobilières, tel est leur nouveau nom, reçoivent le privilège de la négociation des titres non admis à la cote officielle de Paris dans les Bourses de valeurs à parquet. Ces valeurs doivent figurer sur une liste établie par le Comité des Bourses de valeurs. Les courtiers doivent à cet effet déposer un cautionnement et constituer un fonds commun de garantie. Ils ne peuvent faire des opérations de contrepartie. Dans les faits, la Chambre des courtiers en valeurs mobilières, l'ancienne coulisse, est devenue une seconde Compagnie. Le privilège de second rang accordé aux courtiers leur laisse plus de liberté, plus d'initiative, plus d'agressivité commerciale pour aller chercher de nouvelles sociétés à inscrire à leur cote.

L'obtention d'un statut n'interrompt pas les querelles ancestrales entre les deux marchés. Après 1945, cette dualité n'a plus de raison pour le témoin extérieur. Rien n'explique que des sociétés commerciales identiques et appartenant au même secteur économique relèvent de marchés boursiers différents. Kléber est ainsi coté par les agents de change, Michelin par les courtiers ! Même si chacune des structures d'intermédiation rend un service identique de négociation de titres, les tarifs diffèrent : ils sont fixes, élevés et contrôlés chez les agents de change, souples, modérés et libres chez les courtiers. Mais c'est l'un d'entre eux qui tient ici la plume...

Comment fusionner ? C'est la mission que s'est donnée, depuis une décennie, la Chambre des courtiers. Une troïka la dirige alors, animée par Pierre Ferri, qui mène avec affabilité et bonne humeur une double carrière professionnelle et politique. Avec son frère Georges, il a repris, dans les années 1940, les rênes de la maison de courtage Ferri créée par son père Louis en 1900 à Paris. Le parcours de Ferri est ainsi celui d'une entreprise familiale qui deviendra l'un des grands courtiers puis des agents de change de la place. J'aurai l'occasion de travailler avec Alain Ferri, le fils de Pierre, représentant de la troisième génération. Député, Pierre Ferri a été ministre des PTT dans l'un des nombreux gouvernements de la IVe République. Cet homme fort jovial appartient au Club des 100, réunissant une belle brochette de grands gastronomes, et pratique un lobbying efficace auprès des pouvoirs publics. En février 1953, il fait passer à l'Assemblée nationale la loi sur le marché financier qui porte son nom. La loi Ferri institue notamment un « fonds de propagande générale » excluant toute publicité financière. Mais elle reste mort-née : les décrets d'application ne seront jamais publiés.

Sanglé dans un costume trois pièces coupé à Londres, tel un officier de cavalerie, et portant avec satisfaction les insignes de commandeur de la Légion d'honneur, Philippe Clément, le second membre de la troïka, incarne la distinction même. Titulaire d'états de service brillants dans l'aviation militaire naissante, il milite pour le rapprochement des deux professions. Il rêve d'être agent de change. Enfin, Henri Soulié, le président, est pour sa part austère, discret et secret. Il impressionne ses confrères par sa maîtrise des sujets, qu'ils soient techniques ou politiques. Tous les jours, il tient audience dans son bureau de l'entresol du palais de la Bourse. On vient solliciter son avis ou son arbitrage car on sait que l'on peut s'appuyer sur lui. Négociateur habile, Henri Soulié harcèle la Compagnie des agents de change et les autorités de tutelle afin de moderniser le marché. Il milite comme ses pairs pour la fusion des deux professions, la création de véritables sociétés d'intermédiaires, l'amélioration des méthodes de cotation.

Face à eux, le syndic campe résolument sur le statu quo. L'entretien que Pierre Sellier donne à la *Cote Desfossés* en juillet 1960 est révélateur.

Deux marchés, au fond pourquoi ?

« Cette existence n'a rien d'exceptionnel. La loi de 1942, en officialisant le marché des courtiers en valeurs mobilières, lui a confié la cotation des valeurs qui paraissaient nécessiter une acclimatation aux transactions boursières ou dont l'importance ne justifiait pas une entrée immédiate au marché officiel. D'ailleurs, les contraintes rigoureuses qui s'exerçaient en matière de négociation sur les valeurs admises au parquet sont incompatibles avec la cotation de certains titres qui font leur entrée en Bourse. »

Faut-il créer de nouvelles sociétés d'intermédiaires, adaptées au goût du jour, qui seraient dirigées par des gérants associés et responsables ?

« Les agents de change ont constitué pour l'exploitation de leurs offices des sociétés de commandite d'une surface importante. Leur rôle n'est pas celui d'un homme d'affaires, mais celui d'un officier ministériel, intermédiaire tenu à une stricte neutralité et lié à l'ensemble de ses confrères par une solidarité totale... Une pluralité de gérants affaiblirait l'unité de direction et de responsabilité, ainsi que les liens de solidarité qui sont la garantie essentielle de la clientèle des agents de change. Toute mesure qui, directement ou indirectement, contribuerait à restreindre l'indépendance des intermédiaires officiels sur des marchés aurait tôt ou tard pour effet de mettre leurs intérêts personnels en conflit avec ceux de leurs donneurs d'ordre ainsi que du public, ce qui serait la négation même de toute la conception française d'un marché boursier. »

Refus analogue quant à la modernisation des procédés de cotation qui donnent, selon le syndic, pleine et entière satisfaction. Introduire à la Bourse des machines électriques ou électroniques, afin d'accélérer l'établissement des cours ? Cela entraînerait la dépersonnalisation des transactions et une baisse de leur volume. Rien de nouveau, en résumé, place de la Bourse.

Le « droit d'évocation », privilège que détient la Compagnie et que lui contestent avec virulence les courtiers, cristallise la fracture entre les deux professions. Il s'agit de la possibilité d'« évoquer » à la cote officielle une société cotée par les courtiers, sans l'accord de ces derniers ! Les grandes sociétés françaises sont en majorité toutes cotées à la cote officielle, mais les courtiers ont réussi à attirer quelques sociétés prestigieuses et très capitalisées : Bull, BSN, Entreprise Jean Lefebvre, Auxiliaire d'entreprises, Arjomari, Casino. Née à Saint-Etienne, cette dernière doit être cotée à Lyon, à la demande du syndic de la ville, et ce malgré l'hostilité des dirigeants du groupe de distribution stéphanois. L'embarras est extrême à la Chambre syndicale de Paris qui risque une guerre ouverte avec les confrères lyonnais. Saisi du problème, le Comité des Bourses rend un curieux jugement de Salomon : Casino partira chez les courtiers à la Bourse de Paris !

Par leur dynamisme et leur ouverture internationale, ceux-ci ont su capter en outre des grands noms comme les allemands Hoechst, AEG ou Siemens, le chimiste anglais ICI. Ils sont devenus les champions des valeurs étrangères. Pourtant, en avril 1955, l'Anglo-American, en vertu du droit d'évocation, passe de la coulisse au parquet, suscitant la colère des courtiers.

Telle une épée de Damoclès, la menace du « droit d'évocation* » pèse sur les plus belles sociétés cotées par ces derniers. Elle exacerbe la rivalité entre les deux professions. Les transferts de valeurs d'une cote à l'autre ayant été gelés, restent les introductions. Courtiers et agents de change jouent des coudes pour accueillir à leur cote les nouvelles sociétés, qui ne comprennent pas grand-chose à cette querelle d'initiés. Le risque de dérive est latent : ou les agents de change engagent avec les courtiers une compétition pour conquérir de nouvelles valeurs en affaiblissant les règles et les normes que la Compagnie impose aux sociétés candidates à la cote officielle, ou bien ils se résignent à l'érosion progressive et inéluctable de celle-ci, faute de pouvoir la repeupler. Hier complémentaires, marché officiel et marché des courtiers sont devenus d'âpres concurrents. En juin 1959, le Comité des Bourses de valeurs décide l'introduction chez les courtiers, dans un premier temps, de cinq sociétés allemandes et de cinq américaines. Furieux, le syndic fait prendre acte au Comité qu'il reste seul juge du moment où il « évoquera » au parquet celles de ces sociétés qu'il lui plaira en choisissant par priorité les plus actives. La Chambre syndicale n'aime pas ce système de l'antichambre, phase transitoire de cotation chez les courtiers, décidée par le Comité des Bourses de valeurs et qui, par là même, ampute le pouvoir du syndic d'« évoquer » comme il l'entend.

En fait, l'heure du droit d'évocation est passée. Désireux de mettre fin à ces querelles byzantines et faire taire la cacophonie, le ministre des Finances Wilfried Baumgartner impose la fusion des deux professions boursières par la loi du 29 juillet 1961. Celle-ci sera effective au 1er janvier 1962. Il est vrai que nous avons changé de régime. Depuis 1958, avec le retour aux affaires du général de Gaulle, nous sommes en Ve République. L'Etat, ici la rue de Rivoli, gouverne en majesté.

Promulguée, la réforme suscite une forte agitation. Pour la comprendre, il faut avoir à l'esprit le poids respectif des forces en présence. Les agents de change parisiens, au nombre de soixante-huit, l'emportent sensiblement sur leurs cinquante-trois confrères de province et encore plus sur les quarante-sept maisons de courtiers installées à Paris. Ensemble, les agents de change représentent plus de deux fois ces derniers. Si les agents de change acceptent, du bout des lèvres, que quelques rares maisons de courtiers rejoignent la Compagnie et prennent le statut d'agent de change, ils réussissent à faire prévaloir le principe d'un seul agent de change titulaire officier ministériel par charge. Les associés seront des cogérants. La Compagnie des agents de change affecte de ne connaître que le titulaire et l'officier ministériel conserve à l'égard des autres gérants une constante attitude de réserve, voire d'ignorance. Il n'empêche, les courtiers ont réussi à faire adopter le principe de la société commerciale constituée de plusieurs associés disposant des mêmes droits et des mêmes privilèges. Enfin, suprême satisfaction, les cogérants d'agent de change obtiennent à l'arraché la possibilité de remplacer à la Corbeille le titulaire en son absence. Une guerre picrocholine s'engage. A chaque fois que les cogérants franchissent la grille de clôture de la Corbeille et qu'ils négocient les titres de leur clientèle, les agents de change présents leur demandent ironiquement de leur rappeler à quelles charges ils appartiennent.

Reste à connaître quelles maisons de courtiers accéderont à la qualité enviée d'agent de change. Bien décidée à conserver la maîtrise de ce choix, la Compagnie maintient un secret absolu sur les négociations engagées avec la direction du Trésor, sa tutelle. Elle discute le nombre de maisons de courtiers à créer et entend sélectionner elle-même les élus qui figureront sur la liste finale selon des critères de taille, de réputation, de solidité financière. La mortalité sera forte. Les courtiers en valeurs mobilières refusés à la sélection pourront percevoir une indemnité fixée par arrêté ministériel, calculée à partir des résultats des cinq derniers exercices de leur charge. Le coût de ces indemnités est réparti entre la Compagnie et les charges nouvellement créées.

Sur une population de quarante-sept courtiers, une liste de seize maisons est finalement rendue publique le 5 décembre 1961. Cette nouvelle fait l'effet d'une bombe chez Dumait-Mollard-Dubois. Alors qu'elle est classée parmi les entreprises les plus importantes de la profession, notre maison n'appartient pas aux heureux élus... Nul ne connaît les tenants et aboutissants de cette élimination, mais beaucoup pensent que la réputation d'agressivité commerciale des trois associés du 42, rue Notre-Dame-des-Victoires a pesé sur ce choix.

Henri Mollard n'est pas homme à se laisser faire. Irrité d'être éconduit par la Compagnie, il mobilise nos nombreuses relations et multiplie les interventions pour défendre la réputation et l'avenir de notre maison. Quelques semaines plus tard, la bataille est gagnée avec l'adjonction de deux repêchés. Dumait-Mollard-Dubois vient s'ajouter sur la liste des élus avec le numéro 18, la maison Capelier détenant le numéro 17. Nous serons pendant longtemps montrés du doigt, mais nous sommes dans la caravane et nous survivons, c'est l'essentiel ! Le 22 décembre 1961, par arrêté publié au *Journal officiel*, notre maison est agréée officiellement comme charge d'agent de change, sous la raison sociale « Henri Mollard agent de change, Société Mollard, Dubois, Dupont et Cie ».

Arthur Dumait a dû abandonner ses fonctions de gérant pour raisons de santé. Mais, en tant que commanditaire, il continue de conseiller la charge. Quant à moi, je suis désormais cogérant dans la société en commandite par actions. A ce titre, je me retrouve commandité dans la SCA détenteur du tiers des actions que je viens d'acquérir auprès d'Arthur Dumait moyennant un paiement étalé sur cinq ans. Je viens de franchir un deuxième cercle, avec un peu d'avance sur mon programme de marche.

Hier concurrents, voire ennemis, agents de change et anciens courtiers parisiens sont pourtant prêts à s'entendre sur le dos des agents de change de province. Le second volet de la réforme de juillet 1961 va leur en fournir l'occasion avec le principe de la cotation unique. Une valeur ne peut être cotée que sur une seule place. Cela suppose donc une redistribution entre Paris et les parquets régionaux des sociétés cotées simultanément jusque-là sur plusieurs places. Ainsi, il est prévu que la Bourse parisienne restitue aux six Bourses régionales les entreprises de leur ressort précédemment inscrites à Paris, exception faite des grandes sociétés françaises cotées à terme et des sociétés d'envergure internationale. En complément, un marché hors cote est instauré, d'accès facile pour les entreprises voulant se familiariser avec les mécanismes boursiers.

Au cours des mois qui précèdent l'entrée en vigueur de la réforme, le lobbying des professionnels provinciaux se fait intense auprès des parlementaires afin qu'ils appuient les parquets situés dans leur département. A l'automne 1961, mon père saisit, en sa qualité de syndic de la Compagnie des agents de change de Lille, Paul Reynaud, député du Nord depuis 1946 et président de la commission des Finances de l'Assemblée nationale. Celui-ci saisit à son tour le ministre de l'Economie et des Finances, qui lui adresse en retour une réponse très balancée digne d'être étudiée par les élèves de l'ENA :

« Je puis vous donner l'assurance, déclare-t-il à l'ancien président du Conseil, que mon département s'efforcera avec un soin tout particulier de réserver aux Bourses de province, dans l'organisation future de marché, une place raisonnable tenant compte à la fois de l'intérêt qu'il peut y avoir à encourager le développement des centres financiers régionaux, lorsque leur vocation à ce titre est certaine et, en sens inverse, de la nécessité de ne pas favoriser une discussion excessive là où la concentration est souhaitable. »

A l'Assemblée nationale, évoquant la future répartition des titres entre Paris et la province, Paul Reynaud se montre à la fois précis et imprudent. L'ancien président du Conseil déclare en effet : « Dans le reclassement des titres auquel nous avons à procéder, nous essayons de rendre aux Bourses de province un certain nombre de valeurs qui seraient mieux à leur place qu'à la Bourse de Paris. »

Sur les places régionales, on se prend alors à rêver en imaginant voir revenir force sociétés cotées à Paris, mais qui n'auraient pas renié leurs racines régionales. Les valeurs de moyennes dimensions, dites de proximité, seront à coup sûr mieux traitées en province que noyées dans la vaste cote parisienne. Mais lorsque les décrets d'application de la loi paraissent, chacun découvre le couperet de l'article 15 : « L'inscription à la cote d'une Bourse française entraîne pour cette valeur la radiation de la cote à laquelle elle figurait. »

Les sociétés dont la cotation avait émigré à Paris refusent de regagner la province et seront radiées localement. La frustration des agents de province sera grande. Faute d'avoir été associés au projet de réforme parisien, ils ont le sentiment, en partie justifié, d'être les dindons de la farce. A titre de représailles, les Compagnies régionales d'agents de change de Lyon et de Marseille demandent l'annulation du décret du 30 octobre 1961 sur la réforme de la Bourse et refusent d'élire une nouvelle Chambre syndicale. A Lyon, les charges s'entendent entre elles pour procéder, l'une après l'autre, par périodes trimestrielles, à l'exécution de tous les ordres, afin de mieux calculer l'apport que leurs ordres représentent par rapport à la Bourse de Paris. Mais ce mouvement de protestation ne dure qu'un temps. Les Bourses de province ont perdu la bataille, leur temps est passé.

Décembre 1961. Le doyen de la Compagnie, Henri Bacot, personnage unanimement respecté, gardien des textes et des traditions, convie ses confrères à un grand dîner privé à son domicile. On salue la fin d'une époque où l'on se sentait bien entre soi. Il va falloir maintenant faire bonne figure face aux nouveaux arrivants et accepter de voir les « chaussures jaunes » piétiner le parquet sacré de la Corbeille. Les courtiers retenus se réjouissent. Fini le temps des humiliations, d'être au mieux considérés comme des sous-agents de change !

Mais la Compagnie a la dent dure. Elle n'épargne pas aux courtiers candidats une série d'épreuves humiliantes, et ce quel que soit l'âge des impétrants. Un rapporteur de la Chambre syndicale enquête sur la vie publique et privée de chacun des postulants. Enfin, au cours d'une séance mémorable qui se tient dans les premiers jours de janvier, les dix-huit nouveaux titulaires, en jaquette, sont reçus ensemble par le syndic, ses adjoints et la Compagnie rassemblée. Comme mes confrères anciens courtiers, je vais participer librement à la cotation de grandes sociétés. Me voilà dans le « saint des saints », cette Corbeille où chacun veut croire qu'il prospère et prospérera.

4

La Bourse en noir et blanc

La réforme de 1961 intervient dans l'euphorie d'un marché français en plein boom. L'année se termine en effet sur une belle hausse de 20,6 %. Le 31 décembre, le syndic Pierre Sellier, revenu à de meilleurs sentiments, déclare dans la *Cote Desfossés* :

« Dans l'histoire de la Bourse, l'année 1961 méritera une mention particulière en raison des témoignages fort éloquents qu'elle aura donnés de l'importance et de la vitalité de notre Place, mais aussi et surtout par les perspectives qu'elle aura offertes au marché financier. Elle reste l'année de la réforme de la Bourse de Paris. L'unification des cotes, la fusion des deux catégories d'intermédiaires, la mise en place des nouveaux groupes de cotation ont pu être menées à bien en un temps restreint. »

Forte de l'arrivée d'anciens courtiers, l'organisation de la Compagnie des agents de change conserve son inspiration authentiquement démocratique. Le règlement général précise que les agents de change constituent une Compagnie qui possède la personnalité morale et qui a son siège à Paris. Les agents de change, réunis en assemblée générale, élisent chaque année leurs représentants à la Chambre syndicale et parmi eux un syndic président et un premier adjoint vice-président. La

Chambre syndicale nomme un secrétaire général après approbation du ministère de l'Economie et des Finances.

Le 2 janvier 1962, la première séance de la nouvelle année à la Corbeille attire la grande foule. Elle assure pourtant un volume de transactions relativement modeste, sans retard dans la cotation des titres. Un signe prémonitoire. Nul ne s'en doute, chacun étant occupé aux transformations matérielles qui surprennent les professionnels. Un étrange ballet se déroule, avec la descente du second étage à la Corbeille de valeurs de la défunte coulisse et la montée au premier étage des rentes Ramadier et Pinay. Michelin et la Compagnie des machines Bull, désormais en pleine lumière, voisinent avec la Banque de Paris et des Pays-Bas. L'espace réservé à la Corbeille, à l'aplomb de la verrière du palais, a été élargi de manière à faciliter l'accès des dix-huit nouveaux agents de change. Les tableaux lumineux ont été agrandis pour intégrer les nouvelles valeurs aux anciennes, ce qui modifie le classement alphabétique. Chaque groupe de cotation se voit enrichi d'un pupitre doté d'un clavier électrique permettant l'affichage des cours. Il est tenu par un représentant de la Chambre syndicale. Au total, les aménagements sont évidents. Mais l'on cherche en vain l'électrochoc qui annoncerait une explosion du marché, à l'instar de la croissance qui emporte alors l'Hexagone.

L'année 1962 est aussi marquée par les attentats de l'OAS en métropole et la fin de la guerre d'Algérie. La signature des accords d'Evian, le 18 mars, suivie d'un cessez-le feu, est saluée par une vague d'achats de titres par des étrangers, ce qui fait momentanément monter la Bourse. En été, les événements se précipitent. La fin du conflit, l'afflux de 650 000 rapatriés laissent espérer des investissements en Bourse de plus de 20 milliards de francs. Malheureusement, cette masse de fonds s'investit dans l'immobilier ou dans les comptes à vue. Puis surviennent la crise de Cuba avec les Etats-Unis, la dissolution de l'Assemblée nationale en octobre et le succès de l'UNR, le parti gaulliste, aux élections législatives de novembre, le oui à 62 % au référendum pour l'élection du président de la République au suffrage universel. En 1963, c'est la grande grève des mineurs : la Bourse baisse de 11,5 %.

Depuis dix-huit mois, l'économie française s'est emballée : augmentation des prix suivie immédiatement d'une hausse des salaires, apparition d'un déficit commercial, aggravation du déficit budgétaire. Le nouveau ministre de l'Economie et des Finances, Valéry Giscard d'Estaing, met au point un plan de stabilisation qui est annoncé le 12 septembre 1963. Il comporte des restrictions de crédit et bloque provisoirement les prix. Dans une économie dont la croissance repose sur l'endettement, la Bourse connaît un renversement de tendance. La baisse durera... seize ans, malgré l'embellie des années 1968 et 1969.

Une valeur fait parler d'elle, la Compagnie des machines Bull. En difficulté, le fabricant français d'ordinateurs vient d'être acquis par le géant américain General Electric. Celui-ci a payé 75 francs l'action alors qu'il en avait offert 200 douze mois plus tôt. En 1960, elle valait 1 830 francs ! La chute est spectaculaire et, durant tout l'été 1963, l'affaire Bull défraye la chronique. Les pouvoirs publics ont tergiversé en recherchant une solution française avec la Compagnie des signaux sans fil (CSF), la Compagnie générale d'électricité (CGE) et la Banque de Paris et des Pays-Bas. Sans y associer la direction de la Compagnie, la famille Callies, alliée aux Michelin. Querelle auvergnate ? La rue de Rivoli refuse en tout cas le coup de pouce nécessaire. Le second constructeur mondial est passé sous contrôle américain, les actionnaires français ont perdu leur mise. On peut comprendre l'amertume des porteurs qui n'ont pas vendu à temps.

Au sein du monde clos des agents de change, l'apparition de charges nouvelles stimule à l'évidence la compétition. Voici dix-huit nouveaux appétits qui s'approchent du gâteau. Connaissant l'allant de leurs nouveaux confrères, les agents de change s'effrayent. De surcroît, les origines sociales plus diversifiées de la population des courtiers bouleversent l'équilibre antérieur jalousement maintenu au sein de la Compagnie.

Daniel Petit, nommé secrétaire général de la Compagnie des agents de change en 1960, vient de s'illustrer comme maître d'œuvre de la récente réforme. Il a délaissé la Cour des comptes pour rejoindre la Compagnie aux côtés de Pierre Sellier. Autant son prédécesseur Pierre Haour apparaissait réservé et modeste, autant la personnalité du nouveau secrétaire général scintille de mille feux. L'homme est brillant causeur, cultivé, caustique. Il pratique un humour que l'on qualifierait de dérision. Le pouvoir ne lui est pas indifférent. Certes, au sein de l'institution, la prééminence revient au syndic. Celui-ci tient son pouvoir, sa légitimité et son prestige de l'élection annuelle par ses pairs. Issu de la haute fonction publique, proche du Trésor, le secrétaire général assure la direction des services de la Chambre syndicale sous l'autorité du syndic. Dans une entreprise privée, il exercerait les fonctions de directeur général. Un subtil équilibre, une cohabitation avant la lettre s'instaure entre les deux hommes, évoluant en fonction des caractères, des ambitions, des circonstances, en bref de leur capacité à s'entendre. Pierre Sellier, bon connaisseur de la Bourse et fin diplomate, exerce ses fonctions avec un talent reconnu et la cohabitation dure trois ans dans une atmosphère cordiale.

En décembre 1963, un nouveau syndic, Pierre Bottmer, succède à Pierre Sellier. Mais il n'en possède pas la carrure. On dira malicieusement dans les services de la Chambre syndicale qu'aucune note du syndic n'a pu être lue. Celui-ci s'intéresse surtout à la vie interne de la Compagnie. Pierre Bottmer passe beaucoup de temps à écouter les doléances de ses confrères, à consulter les grands électeurs avant les échéances, à encourager les efforts des jeunes agents récemment montés au parquet. A l'évidence, il doit s'appuyer sur son secrétaire général Daniel Petit. Ce dernier s'est fait connaître depuis trois ans en passant par tous les services. Soucieux de tout comprendre et de tout enregistrer, il note sur son petit cahier d'écolier, de son écriture à la calligraphie soignée, ses observations service après service. Les confrères apprécient l'intérêt du secrétaire général pour la Compagnie, pour son ouverture à la discussion sur tous les sujets qui intéressent l'institution. Avec lui, on peut tout dire sans retenue puisqu'il n'est pas soumis à réélection annuelle.

Au sein du diumvirat que forment le syndic et le secrétaire général, la prééminence bascule. La Place de Paris s'en amuse. Daniel Petit s'est installé dans un grand bureau au 4, place de la Bourse. Au-dessus d'un large canapé noir, dans les bras duquel le visiteur s'enfonce, un tableau très Arts déco de Pierre Jouve représente le combat de deux panthères au pelage sombre sans que l'on puisse discerner laquelle des deux va l'emporter. Amusé, le visiteur apprécie la symbolique de cette allégorie animalière. S'il est perspicace et informé de l'organisation de la Compagnie, il y perçoit quelque ressemblance dans le partage des rôles qui préside entre le secrétaire général et le syndic...

A chaque rendez-vous, le scénario est immuable. Daniel Petit arpente son bureau à grandes enjambées, développant sans fin quelques théories jubilatoires, ponctuées de flèches acérées en direction des confrères ou des banquiers, et s'esclaffant de ses propres déclarations. Maintenant qu'il a les choses bien en main, le secrétaire général aime parler de « ses agents de change », comme s'il évoquait les enfants terribles d'une classe du lycée. A son interlocuteur médusé, coincé dans son fauteuil, de trouver le moyen de rentrer dans le jeu et de transformer le monologue en véritable conversation, voire de donner son avis. L'imprudent risque alors de voir épinglée sa complète ignorance ou son manque d'informations.

Professeur à l'Institut d'études politiques, Daniel Petit y délivre un cours magistral à option sur le marché boursier, très apprécié par les élèves. Il déconcerte les candidats à l'examen oral qui voudraient bien ouvrir la bouche... si l'examinateur acceptait de les laisser s'exprimer. Le tuyau passera d'une promotion à une autre. Dans la coulisse, Daniel Petit monopolise les aspects stratégiques des relations avec les pouvoirs publics. Pour les confrères, il devient l'homme tout-puissant qui distribue avec parcimonie l'information aux agents de change. Dans les rangs, on piaffe. Mais on lui reconnaîtra plus tard le mérite d'avoir participé de façon efficace à la transformation progressive de la Compagnie. Et son bilan n'est pas mince. Il a initié la promotion des valeurs mobilières, créé une direction des relations publiques au sein des services centraux. On lui doit en outre l'ouverture d'une galerie des visiteurs au cœur du palais Brongniart.

Les anciens courtiers se réjouissent que le secrétaire général se soit fait leur défenseur lors de la disparition de leur profession. Il a négocié ainsi avec le Trésor le principe d'une indemnisation généreuse pour ceux qui, n'ayant pas été agréés, doivent cesser leurs fonctions. En décembre 1964, Daniel Petit obtient du ministère des Finances l'interdiction des cessions directes de titres hors marché. Un an plus tôt, le baron Edouard Empain a pris, à la surprise générale, le contrôle du monument de l'industrie nationale qu'est le groupe Schneider en utilisant ce dispositif. Les cessions à titre onéreux entre personnes morales, ou entre une personne morale et une personne physique, aboutiront désormais sur le marché central. Le monopole et le rôle des agents de change en sortent renforcés. Au-delà de l'aspect corporatiste qui flatte et réjouit la profession, cette disposition jette aussi les bases de la future concentration de toutes les négociations sur le marché central. En 1966, Daniel Petit participe activement à la création de la Compagnie nationale des agents de change qui se substitue aux anciennes compagnies régionales. Il reçoit la première offre publique d'achat (OPA*) du marché français, celle de Fiat sur Simca, dans le cadre de la procédure officialisée par l'ordonnance du 17 avril 1967.

Les relations de la Compagnie avec Valéry Giscard d'Estaing tournent pourtant à l'aigre. Apôtre de la modernité, VGE affectionne les signes ou les symboles qui heurtent les façons de penser des agents de change. En outre, il n'apprécie pas que la base retenue pour l'indice de la Compagnie des agents de change soit le 31 décembre 1961, point culminant du marché, c'est-à-dire avant son plan de stabilisation. Le ministre de tutelle se montre froid, distant, presque indifférent. Ses contacts avec le syndic restent parcimonieux et se cantonnent aux relations officielles. Chaque année, la Compagnie organise un dîner très solennel dans la grande salle des assemblées générales au premier étage du palais Brongniart. Traditionnellement, le ministre de l'Economie et des Finances préside la réception et le plus souvent prend la parole. Ce soir-là, Valéry Giscard d'Estaing est l'hôte d'honneur. En accord avec Claude Terrail, patron du célèbre restaurant *La Tour d'argent* et grand ordonnateur du menu, le plateau de fromages comportera de la fourme d'Ambert, clin d'œil à l'Auvergne du ministre. Alors que les convives attendent un discours proche de leurs préoccupations, VGE improvise et vante avec humour les charmes de la fourme d'Ambert, au grand désespoir de l'assistance.

Cette attitude affecte considérablement le moral d'une Compagnie qui se sent mal aimée, malgré l'interdiction des cessions directes de titres hors Bourse. Mais cette mesure ne suffit pas à restaurer la rentabilité des charges, qui stagnent devant l'anémie du marché. Le volume des transactions diminue.

En 1966, le grand débat sur la participation des salariés aux fruits de l'expansion des entreprises, avec le fameux amendement Vallon, le rapporteur de la commission des Finances de l'Assemblée nationale, jette une ombre. Ses propos sont significatifs de la défiance qui est celle de l'époque à l'égard de la Bourse, perçue comme la survivance d'un passé jugé obsolète. Comme l'explique doctement Louis Vallon : « Il n'y aurait que des avantages à débarrasser la Bourse d'une spéculation qui ne sert pas le développement de l'économie et de faire en sorte que l'épargne progresse en fonction du rendement effectif des titres. » Assurément, l'enfer est pavé de bonnes intentions. Qu'il est difficile d'expliquer aux hommes politiques ce qu'est une Bourse de valeurs. En 1981, le syndic Yves Flornoy devra employer des trésors de pédagogie pour expliquer aux dirigeants socialistes que la Bourse est d'abord un marché de titres et que les investisseurs n'y viennent que s'ils ont confiance.

Chemin faisant, les agents de change, anciens ou de fraîche date, apprennent à mieux se comprendre et à s'apprécier autour de la Corbeille. Les agents de change traditionnels admirent le dynamisme des anciens courtiers. De leur côté, ceux-ci découvrent que les qualités de sagesse et de prudence attribuées aux membres historiques de la Compagnie ne sont pas un vain mot. L'activité principale de la charge Mollard-Dubois-Dupont et Cie continue à se porter sur la négociation des actions et la gestion privée. En 1967, je succède à Henri Mollard et prends le titre d'agent de change.

La Corbeille, objet de raillerie pour les professionnels tenus hors de l'enceinte, prend maintenant une autre signification pour ceux qui ont l'honneur d'y pénétrer. La diversité des caractères et des tempéraments, en s'affrontant, donne progressivement naissance à une indéniable camaraderie. Dans ce lieu rempli de symboles, la présence quotidienne des agents eux-mêmes s'impose. Sans doute peut-on se faire remplacer par un confrère voisin, mais à condition que les absences ne deviennent pas une habitude. André Tellier, premier adjoint au syndic, veille. Il assure la police des marchés et doit avoir l'œil sur tout. En effet, rien n'échappe au regard acéré des confrères : les absences intempestives aux séances de Bourse, les initiatives commerciales insistantes, les vacances prolongées, la mauvaise mine de tel ou tel, susceptible de cacher quelques ennuis professionnels... La solidarité entre membres s'obtient au prix de ces informations quotidiennes et codées. Souci d'homogénéité et de cohésion, sans nul doute, mais qui n'est pas dénué d'arrière-pensées, car si nous sommes confrères et solidaires, nous sommes aussi des concurrents dans la chasse aux ordres auprès des banques.

Je ne résiste pas à la tentation d'évoquer quelques fortes personnalités du monde bancaire de la fin des années 1960, ceux que l'on appelle les chefs de Bourse et qui sont présents tous les jours sur le parquet. Les jours où la séance se traîne, la Corbeille se vide. A moins d'aller au bar du premier étage, où les agents aiment se retrouver, discuter, comparer leurs méthodes de management et lancer quelques flèches empoisonnées en direction de leur Chambre syndicale, d'autres franchissent la grille qui mène aux grands halls, nord et sud. Ils vont serrer les mains des banquiers réfugiés dans leurs box alignés le long du mur.

Il est de bon ton de commencer par le Crédit lyonnais. Jean Harel et Jacques Anders, deux fidèles amis de la Compagnie, trônent sur leurs strapontins et attendent les hommages de leurs courtisans. Ils ont dîné la veille chez quelque confrère et ont sûrement des choses à raconter. S'ébrouent autour d'eux leurs chevau-légers Claude Bonamy et Jean-François de Bernardi. Faut-il aller se frotter à Serge Varangot, entouré de sa meute de yuppies avant la lettre, de Paribas ? Sur le seuil de son box, il mâchonne sa cigarette papier maïs. Ce chasseur est à l'affût du gibier, d'un coup à faire, d'un projet à exploiter, pour tout de suite acheter ou vendre. Le personnage est plutôt rude mais c'est un professionnel reconnu. Ne négligeons pas non plus la Société générale, son box est installé à quelques pas de là. L'accueil y est plutôt froid. Mieux vaut se réfugier chez François Tabard, détendu et disert.

Courage maintenant. A la toute jeune Banque nationale de Paris, la BNP, Pierre Balley a succédé au grand d'Hauteville. Il tient à bout de gaffe les importuns et les raseurs. On ne le dérange que pour lui donner une vraie information. Son intelligence, sa culture et ses bons mots intimident les moins assurés. Il est unanimement reconnu pour sa chronique mensuelle dans la revue *Banque*. Plus tard, j'aurai l'occasion d'apprécier cet homme de cœur lorsque je siégerai avec lui au collège de la Commission des opérations de Bourse, la COB*. Au CIC, Jean Rigoigne reste le professionnel parfaitement courtois et rigoureux. Rendons visite pour finir à Jacques Poirier, incontournable au milieu du hall. Il incarne la Banque de l'union parisienne, la BUP, à lui tout seul. Il n'a pas son pareil pour torturer le commis de Bourse et lui faire avouer quelques renseignements confidentiels. Attention au secret professionnel.

Il faut maintenant réintégrer la Corbeille en passant devant le box de la Caisse des dépôts et consignations. Elle est courtisée à la mesure de sa puissance, surtout lorsque, dans les années 1970, ses interventions massives font la pluie et le beau temps sur le marché. A vrai dire, elle n'a jamais eu les représentants correspondant à sa réputation. Les titis parisiens surnomment l'un d'entre eux « le nain corruptible ». L'homme était, il est vrai, de petite taille et ne détestait pas les petits cadeaux.

Rue de Rivoli, au premier rang de la tutelle, Michel Debré a remplacé le 8 janvier 1966 Valéry Giscard d'Estaing. Cet ancien Premier ministre, serviteur zélé du général de Gaulle, est l'archétype du préfet haut fonctionnaire passé à la politique. Il a de grandes ambitions et fait rapidement prévaloir sa volonté de réformer le monde bancaire et la place financière de Paris. En juin 1966, il a fusionné autoritairement deux « vieilles » banques nationalisées, le Comptoir national d'escompte de Paris et la Banque nationale pour le commerce et l'industrie, pour former la première banque française, la BNP. Une série de décrets publiés en 1966 et 1967 décloisonnent le système bancaire et élargissent les butoirs relatifs aux prises de participations des banques dans les entreprises. Les minima de conditions bancaires sont supprimés et la liberté d'ouverture des guichets est rétablie. Même timide, une brise de libéralisation financière se lève.

L'action de Michel Debré s'étend à la Bourse. Avec Jean-Yves Haberer, son directeur de cabinet, les réformes se développent dans plusieurs directions. La Commission des opérations de Bourse est créée par une ordonnance du 28 septembre 1967. Elle remplace le

Comité des Bourses de valeurs, en place depuis 1942, et reçoit la triple mission de surveiller le bon fonctionnement du marché, de développer et d'améliorer l'information publiée par les sociétés cotées, enfin d'inciter l'épargne à long terme à s'investir en valeurs mobilières. Pierre Chatenet, son premier président, anime un collège de cinq membres, flanqué d'un commissaire du gouvernement, Marc Viénot (qui fera par la suite une belle carrière à la tête de la Société générale), et d'un secrétaire général, Jean-Jacques Burgard. Sa création ne provoque pas de séisme, comme l'atteste la description réalisée par son président dans un rapport au ministre de novembre 1967 : « L'attitude d'hostilité déclarée est très rare, ce qui veut dire au moins que l'on a conscience qu'elle serait mal vue. A l'opposé, l'approbation caractérisée, également assez rare, ne vient guère que de milieux qui n'ont pas grand-chose à voir avec la question. » Dont acte.

Pour la Compagnie, la loi du 28 décembre 1966, en autorisant les fusions de charges et la gestion de portefeuilles de valeurs mobilières, précipite un vaste mouvement de concentration de la profession et favorise la centralisation dans la capitale. La complémentarité des clientèles, l'osmose programmée des comportements commerciaux, les économies d'échelle réalisables sur les grands postes de dépenses — informatique, analyse financière et personnel —, conduisent à la création de charges plus solides, plus actives et mieux gérées.

A peine ai-je été nommé agent de change et fier de l'être que mon ami Yves Flornoy, qui vient de se rapprocher de Jacques Nivard pour former Nivard-Flornoy, me presse de changer de taille. Autour de nous, les fusions se multiplient : elles associent une charge traditionnelle et une charge issue de l'ancienne coulisse. Un bon quart d'entre elles se jettent à l'eau. Le 1er mai 1967, il y a cent vingt-trois offices et quatre-vingt-trois agents titulaires, dont quarante-trois à Paris et quarante en province. Cinq ans et demi plus tard, au terme de trente-cinq fusions, il reste quatre-vingts offices, dont cinquante-deux à Paris, dix-neuf en province, les autres étant simultanément dans la capitale et en province.

Les adversaires d'hier se trouvent soudainement et réciproquement des qualités inconnues. Au pied des colonnes du palais Brongniart, Bernard Pénicaud, fondé de pouvoir de la charge Denant et ami très sûr, partage les mêmes préoccupations. Francis Denant, mon contemporain, vient d'être nommé titulaire. Il est le cinquième successeur d'une lignée brillante d'agents de change. Son père, François Denant, disparu prématurément, a laissé dans la Compagnie une image d'intégrité et de fantaisie. Sa charge et la mienne présentent des aspects de poids comparables, si l'on prend les fonds propres, les résultats ou les effectifs. Réputée sur le marché comme spécialiste du très prestigieux Suez, la charge Denant conseille plusieurs sociétés cotées. Une très nombreuse clientèle privée fait confiance à ses gérants depuis des décennies, alors que nous sommes plutôt légers dans ce domaine. Bref, les deux entreprises se complètent bien. Francis Denant et moi nous ne nous connaissons pas encore. Nous prenons le risque de nous entendre. Pari gagné, puisque notre association durera plus de vingt ans sans nuages.

Le législateur élargit le concept à la province en fusionnant les parquets de six Bourses de province. Le 1er mai 1967, la Compagnie devient nationale. Elle regroupe désormais la Compagnie parisienne et six compagnies régionales sur les sept existantes, après la démission collective des cinq agents de change de Toulouse et la réaffectation de leurs valeurs et de leur zone géographique. Elle élit un syndic national pendant que chaque parquet régional choisit un syndic délégué.

Pourtant, les années 1966 et 1967 ne sont pas bonnes

pour la Bourse. Les premiers mois de 1966 commencent par une baisse, malgré la bonne réaction de janvier après la réélection du général de Gaulle à la présidence en décembre 1965. Le marché s'inquiète de la diminution des résultats des sociétés et des rumeurs sur un projet de mise en place de participation des salariés aux résultats des entreprises. L'année suivante, la situation reste étale. A l'étranger, les événements défavorables s'accumulent : guerre des Six Jours au Proche-Orient, récession mondiale. En France, la majorité gaulliste l'emporte de justesse aux législatives. L'inflation ressort à 5 % sur l'année.

La Ve République installée, Alain Peyrefitte, secrétaire d'Etat à l'Information, a cru bon d'affirmer : « Nous sommes tranquilles pour trente ans. » Une décennie s'est écoulée, voilà que surgit la crise étudiante et sociale de mai 1968. Pas plus que les gouvernants de l'époque, la Bourse ne la voit venir. Le palais Brongniart fait pourtant office de symbole du capitalisme. Anticipant sur les manifestations d'étudiants, une courte grève éclate en février à la Bourse de Paris et se termine par un lock-out décidé par la Chambre syndicale.

Il faut remonter à 1949 pour trouver la trace d'un conflit aussi dur opposant patrons et salariés. Cette fois-ci, la revendication du personnel porte naturellement sur les salaires. Mais surtout, les syndicats réclament une représentation auprès de la Chambre syndicale sous la forme d'un comité professionnel. Deux mois plus tard, les désordres de mai s'étendent au-delà du quartier Latin et gagnent les abords de la Bourse. Des manifestations d'étudiants se déroulent sur le parvis du temple du capitalisme. Quelques excités pénètrent à l'intérieur du bâtiment et mettent le feu aux box des banques. Plus scandaleux, ils brûlent le drapeau de l'Association des Anciens Combattants. La Bourse est fermée pour trois semaines. Sur les murs du palais, on peut lire : « Les valeurs morales ne sont pas cotées à la Bourse. »

Dans son commentaire quotidien sur Europe 1, Pierre Meutey, l'homme au nœud papillon, fait écho maladroitement à son compère Alain Besançon qui a pris le parti des étudiants et déclare : « Les boursiers sont des fils de concierge qui ont fait fortune et qui partent en weekend à Deauville avec leurs belles voitures garées autour de la Bourse. » Les intéressés, furieux, ne ne lui pardonneront pas. Lorsqu'il viendra au palais Brongniart, une escouade de commis le reconduira fermement vers la sortie.

A la télévision, sur l'unique chaîne de l'ORTF, ceux qui présentent la Bourse après le Journal de 13 heures, Michel Tardieu, René Tendron, François Donati, sont tristes à regarder, malgré leur bonne volonté et leur professionnalisme. La Bourse de cette époque est à l'image de la télévision en noir et blanc, elle manque cruellement de couleurs. Il faudra attendre de longues années pour que Jean-Pierre Gaillard, président de *La Cote bleue*, apporte aux médias, radio et télévision, sa connaissance de l'environnement économique et financier, sa bonhomie et son sourire pour donner aux informations boursières leur vrai droit de cité. Une efficacité que démultipliera son apparition épisodique dans les Guignols de l'Info de Canal +.

Désormais, les mouvements sociaux quasi annuels s'inscrivent dans la culture sociale du marché. Les rapports entre la Chambre syndicale et les syndicats se détériorent d'année en année. Les commis ont bien compris que les logiciels qui déterminent l'impression des feuilles de paye ne permettent pas de retenir le paiement des jours de grève ! Alors éviter le travail ne demande pas un courage énorme. A l'intérieur des charges dont les effectifs varient entre quarante et quatre-vingts personnes, les relations humaines s'épanouissent sans véritables difficultés. L'agent de change vit à l'unisson de son personnel, au rythme des séances de Bourse. A la Corbeille, il pratique le même métier que ses commis sur les groupes de criée. Sa réputation de bon teneur de carnet d'ordres* ajoute au renom de sa charge. Dans la charge, chacun peut approcher le « patron », toucher le pan de sa robe, lui exposer doléances professionnelles ou préoccupations privées. Le climat se veut familial et ouvertement paternaliste.

Il en va différemment lorsque près de deux mille employés, toutes charges confondues, se retrouvent chaque jour sur les groupes de criée en Bourse pour passer deux heures ensemble. Ici, les barrières tombent. Chacun échange ses impressions, ses informations. On compare son bulletin de salaire et le niveau de son intéressement et de ses gratifications de fin d'année. Les employés des charges prennent peu à peu conscience de leur pouvoir d'obstruction, de leur capacité de nuisance s'ils interrompent les cotations. Pas de commis sur les « groupes », donc pas de criée, donc pas de cours cotés. Les syndicats, qui, au jeu des sept familles, sont tous représentés, l'ont depuis longtemps compris et menacent régulièrement de cesser les cotations pour obtenir un avantage supplémentaire. Ils font bon ménage avec le personnel des charges et de la Chambre syndicale.

En France, la concurrence syndicale présente cette particularité qu'un des acteurs est toujours prêt à demander plus que l'autre pour satisfaire son électorat et accessoirement son ego. Or les écarts se font plus sensibles d'une charge à l'autre. Les petites charges, moins prospères et moins généreuses que les grandes maisons, plus ouvertes aux largesses, ne peuvent accorder des gratifications, les « grattes » dans le jargon de la profession, se chiffrant en mois de salaires. On compte jusqu'à vingt mois distribués dans quelques grandes charges.

Dans ces conflits, les personnels des services centraux de la Chambre syndicale jouent les premiers rôles. Une bonne partie d'entre eux, cantonnés dans des fonctions administratives, jalousent les avantages des employés des charges liés à l'activité commerciale. Ils sont typographes à l'impression de la cote officielle dans les soutes du palais, techniciens de l'informatique naissante, coteurs respectés sur les groupes de criée. Les autres remplissent des tâches d'exécution dans des postes offrant une faible qualification. Ils sont « gardes noirs » à la Corbeille, car vêtus d'un uniforme noir à boutons d'argent, et portent les fiches d'ordre aux agents de change. La Bourse reste une industrie de main-d'œuvre fortement syndicalisée.

Le personnel de la Chambre syndicale, représentant près de cinq cents personnes, réussit à obtenir que lui soient attribué chaque année des gratifications calculées sur la moyenne de celles distribuées dans l'ensemble des charges. Au fil des ans, les commis de Bourse et les employés de la majorité des charges et de la Chambre syndicale se construisent un solide statut et une convention collective en béton, qu'il s'agisse des rémunérations fixes ou des avantages d'une participation aux résultats de l'entreprise. A ce jeu, les charges s'en sortiront honorablement en période de fortes transactions, mais beaucoup moins bien en période creuse. Les syndicats n'ayant pas, volontairement ou non, assimilé cette donne, l'histoire sociale de la Compagnie est jalonnée, jusqu'au début des années 1980, de crises sociales fréquentes et plus ou moins virulentes.

Est-ce la conséquence de mai 1968 ? Des transformations intervenues depuis 1961 au sein de la Compagnie ? L'arrivée au parquet d'une nouvelle génération d'agents de change, à la fois plus ouverte et plus ferme, suscite chez certains d'entre nous des interrogations quant à l'avenir de la Compagnie. Au mois d'octobre 1969, François Mayer me dit : « Nous avons décidé de nous réunir entre nous, un petit groupe. L'avenir nous inquiète, la Compagnie doit évoluer... Veux-tu venir ? »

5

Le vent se lève

La tempête du printemps 1968 s'est apaisée. A la Corbeille, le quotidien reprend ses droits. Des débats plus sereins s'engagent. Tout va-t-il redevenir comme avant ? Nos dirigeants ont-ils une vision claire du futur ou se laissent-ils flotter au fil de l'eau, héritiers d'une tradition d'empirisme et d'opportunisme face aux événements ? En un mot, avons-nous un projet, une stratégie ? Après la vague de fusions de 1967, allons-nous être emportés dans une spirale de concentrations successives pour finalement disparaître ? Deux écoles s'affrontent.

Pour les conservateurs, les métiers de Bourse s'inscrivent dans une démarche fondamentalement cyclique. Pourquoi faire grand quand on peut faire petit ? « *Small is beautiful* », écrit l'économiste allemand Fritz E. Schumacher en 1978. Pour vivre heureux, vivons cachés. La charge de moyenne dimension, avec ses trois associés, sa demi-douzaine de fondés de pouvoir et sa soixantaine de salariés au total, demeure un modèle séduisant. Elle est facile à gérer, car tout le monde se connaît. Elle pousse à la spécialisation, une stratégie sur la lancée des acquis existants et ne génère pas de coûts excessifs. En 1970, une charge moyenne génère un chiffre d'affaires, ou plutôt un total de recettes formé de courtages, de commissions et de produits de trésorerie, de l'ordre de

6 millions de francs. Ses coûts, essentiellement composés de frais de personnel pour un tiers et de frais d'exploitation pour le reste, représentaient 5 millions de francs. Elle dégage un résultat courant d'un million de francs environ.

Si sa rentabilité reste modeste dans les périodes fastes, la charge échappe en revanche aux risques de pertes qui guettent les entreprises plus grandes lors des retournements du marché. D'ailleurs, le métier d'intermédiaire, qui met face à face acheteurs et vendeurs, ne nécessite pas de fonds propres significatifs. Le prestige de l'enseigne suffit à attirer et, surtout, à conserver la clientèle privée. Pourquoi diable engager des frais de marketing et de publicité pour aller la chercher ?

A cette conception traditionnelle et frileuse s'oppose de plus en plus une autre vision, plus offensive, celle des « modernistes ». C'est celle des réunions qui se tiennent au *Petit Riche,* un restaurant un peu à l'écart de la Bourse, à partir de 1969. J'ai rejoint les conjurés par un bel après-midi d'automne. Inscrits au tableau de la Compagnie entre 1967 et 1969, la plupart viennent de succéder à leur père et de « monter au parquet ». Il y a autour de la table Bernard Allain, Marc Auboyneau, François Bacot, François Goy, Pierre Lacarrière, Jean-Denis Massonnaud, Jean Saintoin, Patrick Sellier. Quelques agents de change plus anciens, Roger Le Guay, Jean Soulié, Yves Flornoy et François Mayer, nommés respectivement en 1961, 1962 et 1965, font également partie de notre groupe. Tous ont fait de solides études universitaires. Le diplôme de Sciences Po domine, mais Yves Flornoy et Jean Soulié sortent d'HEC. Notre passage chez les courtiers en valeurs mobilières nous distingue, François Mayer et moi. S'y ajoute pour ma part mon origine provinciale.

François Mayer mène le jeu, anime le débat. Formé aux Etats-Unis, parfaitement bilingue, il multiplie les efforts pour développer la charge de son père et lui donner une image novatrice. Il connaît les marchés étrangers et cherche à faire bouger les choses. Aux yeux de notre groupe, les charges doivent entrer dans une politique de développement, à l'image de ce qui se passe chez les Anglo-Saxons. Les firmes de New York, par exemple, sont amenées à augmenter leur capital pour participer à des activités de plus en plus sophistiquées. Tôt ou tard, ce que l'on observe outre-Atlantique finira par s'imposer en France.

Nos conversations portent sur les transformations nécessaires de l'institution, en dehors de la présence de nos confrères élus à la Chambre syndicale. Les débats sont très ouverts et le groupe que nous formons n'a rien d'une assemblée secrète de carbonaris. Fort sagement, nous prenons la précaution d'informer de notre approche le syndic de cette époque, Yves Meunier, en place depuis décembre 1967. Notre aspiration à une démarche plus dynamique s'exprime autour de trois volontés : participer aux réflexions de la Compagnie, moderniser le marché et en augmenter l'activité.

« Participer aux décisions », tel est le premier mot d'ordre de notre cahier de doléances virtuel. La Compagnie des agents de change est une entreprise commerciale comme les autres. Elle doit se fixer des objectifs de croissance. Qui ne croît pas meurt. Pour recevoir l'engagement collectif de ses membres et de ses cadres, la Compagnie devrait faire participer les éléments les plus jeunes et les plus dynamiques de la profession. La gestion prévisionnelle de l'institution ne doit plus être la seule affaire de l'administration de la Chambre syndicale, du syndic et du secrétaire général. Le temps est venu d'un renouvellement des cadres. A l'intérieur de la Compagnie, nous souhaitons être associés à la définition d'un projet commun : « Rien que notre place, mais toute notre place ! » Voilà un langage qui sent le soufre et que le syndic accueille avec réserve, pour ne pas dire avec hostilité.

Second point : la modernisation du marché. En 1970, nos ambitions à cet égard apparaissent encore bien timides. Il s'agit tout d'abord d'améliorer l'information à l'intérieur du palais de la Bourse par un système de *tickers** à l'américaine, afin de mieux la diffuser vers l'extérieur. Mais à Paris, dans une procédure de cotation à la criée, à quoi sert une diffusion en temps réel si la prochaine cotation de la valeur n'intervient que le lendemain ?... Depuis longtemps, à la Bourse de New York notamment, la transmission des ordres et des informations se fait dans un délai très court grâce au téléphone, au télégraphe et au *ticker*. Ce télétype, mis en place dans les années 1870 outre-Atlantique, transmet des indications codées portant à la fois sur les cours des sociétés cotées et le volume des transactions du jour. Aux Etats-Unis, le marché fonctionne déjà en temps réel ; il existe même une horloge spéciale qui indique constamment le délai séparant l'exécution d'une transaction de son impression par le *ticker*. Rien de tout cela au palais Brongniart, où les opérations se déroulent avec des instruments hérités d'une autre époque.

Au début des années 1970, les cours des valeurs cotées à la criée font l'objet en séance d'un enregistrement instantané par les soins des services de la Chambre syndicale. A partir de cette saisie de données, serait-il possible de reconstituer l'équivalent du *ticker* américain, et même d'aller au-delà, c'est-à-dire d'installer un réseau informatique permettant d'assurer la diffusion en temps réel et à distance des cours de Bourse et des volumes de transactions en provenance d'un ordinateur central ? Sur les écrans s'afficheront alors les limites de vente et d'achat émanant des grands clients institutionnels. L'automatisation des opérations administratives postérieures à la négociation en sera facilitée. En outre, depuis 1949, la

Place de Paris dispose de la Société interprofessionnelle de compensation des valeurs mobilières (SICOVAM*), qui a remplacé la Caisse centrale de compensation et de virement de titres. Elle est considérée comme un outil efficace de gestion et de conservation des titres, dont on ne trouve l'équivalent ni à New York ni à Londres. Reste à faire travailler ensemble les principaux intervenants de la Place sur des sujets d'intérêt commun comme celui-ci.

Enfin, nous voulons faire du « business », promouvoir la commercialisation des valeurs mobilières et développer l'épargne collective, les Sociétés d'investissement à capital variable, les SICAV*, nées de la loi de 1957, et dont les décrets d'application ne sont parus qu'en 1963. Sans parler des Fonds communs de placement, les FCP*, dont la première génération, sous le nom de FCPE, est réservée aux entreprises dans le cadre de leur politique de participation ou d'intéressement en faveur de leurs salariés. Or les statistiques dont nous disposons montrent que la clientèle du marché boursier vieillit sans se renouveler. D'où notre obligation de nous démarquer de la position de nos confrères, majoritairement hostiles aux SICAV. Selon eux, ces organismes de placement collectif empêcheraient les portefeuilles des clients privés de tourner, réduisant ainsi le montant des transactions et le volume des courtages...

Dans une note rédigée en août 1971, François Mayer donne sa vision du futur : « Il paraît à l'auteur extrêmement désirable d'encourager un renforcement des possibilités d'action des agents de change tout à la fois sur le plan matériel, en les aidant à augmenter leurs fonds propres, et sur le plan intellectuel, en leur permettant d'étoffer leurs équipes de direction, de façon à donner à leurs clients un service beaucoup plus complet. Car le risque de voir Londres supplanter progressivement Paris ne doit pas être sous-estimé. D'une part, en effet, les services des *brokers* britanniques sont parfaitement en mesure d'analyser les valeurs françaises et de donner à leurs clients des recommandations sérieuses ; d'autre part, certains *jobbers* britanniques ne seraient pas hostiles à l'idée de commencer à jouer le rôle de contrepartistes sur un certain nombre de valeurs françaises. Que deviendrait alors le marché de Paris si les institutions françaises recevaient de Londres des études valables sur nos grandes valeurs nationales, en même temps qu'elles trouveraient à Londres la possibilité d'acquérir d'une seule ligne des paquets importants de certains titres ? »

Forts de ces convictions, les réformateurs que nous sommes cherchent à faire partager leurs idées à leurs confrères. Avec toute la prudence imaginable, nous tentons, lors des élections de 1972 et 1973, d'aiguiller leurs votes et de pousser nos candidats, en particulier Jean Saintoin, vers la Chambre syndicale. Cette dernière entend les impatiences de ces jeunes impétueux mais, dans sa grande sagesse, elle temporise et tient en substance le langage suivant : « La Chambre syndicale comprend parfaitement le souci selon lequel il faut aller vite, ne pas prendre de retard, hâter les réformes. La modernisation des valeurs mobilières dans leur règlement, des institutions et des techniques ne peut être l'œuvre d'un jour ou même d'une année. Rien n'est jamais achevé. Des jalons sont posés, des étapes franchies dans la voie des adaptations nécessaires, des expériences sont tentées et la réglementation mise à l'épreuve impitoyable des faits. Beaucoup de réformes ont été accomplies. D'autres restent à faire. Chacune viendra à son heure... »

Dont acte. Nous restons vigilants. D'autant que, autour de nous, le monde évolue. La décennie 70 s'est ouverte dans les tourments et les crises. Le dollar n'est plus la monnaie centrale du système monétaire international mis en place à Bretton-Woods. Il se déprécie. En août 1971, le président Nixon annonce le décrochage du dollar par rapport à l'or. La devise américaine est dévaluée une première fois de 13,1 %, puis de 10 % en 1972. La machine économique tourne alors à plein régime, atteignant des taux de croissance historiques à 7,1 % en 1972 et 6,1 % en 1973. A la Bourse, le volume global des opérations a triplé en cinq ans. Les émissions de valeurs mobilières approchent les 50 milliards de francs en 1973, mais la part des actions ne représente que le cinquième de cette somme. Les transactions atteignent 68 milliards de francs, dont les deux tiers pour les actions. Le mouvement est stimulé par une vague d'OPA. On en compte pas moins de 69 entre 1970 et 1973. La plus célèbre est celle de BSN sur la Compagnie de Saint-Gobain qui échouera, à la différence du raid de Perrier sur Genvrain en 1969. Ce mouvement de concentration traduit certes une certaine modernisation de l'économie, mais il présente aussi des effets pervers, comme l'appauvrissement de la cote. En 1973, 773 sociétés figurent à la cote officielle, contre 894 en 1967. La moitié des transactions est réalisée sur une cinquantaine de sociétés, ce qui est fort peu.

Les cours de Bourse fluctuent en fonction des facteurs politiques hexagonaux et des mesures prises par les pouvoirs publics. Certaines, comme l'augmentation des droits de succession en été 1968 ou le rétablissement de l'encadrement du crédit en été 1969, découragent le marché. D'autant que pèsent sur lui l'essoufflement de la croissance mondiale en 1971 et la situation monétaire internationale. Mais après des années 1971-1972 en demi-teinte, la reprise s'amorce. En mai 1973, la Bourse de Paris atteint son plus haut historique avec un indice de 120 (décembre 1961 fournissant la référence 100). Elle est encouragée par la fin de la guerre du Vietnam, le ralentissement de la hausse des prix, la victoire de la majorité aux élections législatives de 1973, après que se sont représentés devant les citoyens les députés de la

Chambre introuvable issue du printemps 1968. Hélas, une hirondelle ne fait pas le printemps.

A la faveur de cette euphorie, un petit vent de réformes s'est levé sur le palais Brongniart. Nous ne sommes pas les seuls à réclamer un aggiornamento. Pierre Cabon avait créé en 1959 la Dafsa, une société d'études économiques et financières à laquelle il avait associé sept banques de la Place. Développer l'analyse des comptes de sociétés cotées, favoriser l'édition de graphiques, démontrer et mettre à plat les participations financières des sociétés cotées, tels étaient les objectifs de la société. Allant plus loin, Pierre Cabon presse ses associés banquiers de s'intéresser à la modernisation de la Bourse elle-même et multiplie les propositions auprès de la Compagnie dans le domaine informatique. Mais le secrétaire général Daniel Petit considère que la Dafsa sort de ses responsabilités de Place et ne répond que mollement aux sollicitations de Pierre Cabon. Il y voit la main des banques qui collectent plus des deux tiers des ordres de Bourse*.

En 1971, le ministre de l'Economie et des Finances, François-Xavier Ortoli, charge Wilfried Baumgartner, l'un de ses prédécesseurs rue de Rivoli, qui préside alors Rhône-Poulenc, de réunir une commission de réflexion sur le fonctionnement du marché boursier. Celle-ci tient ses séances tout au long de l'année et remet son rapport en fin d'année. Son constat témoigne d'une grande lucidité.

Le document épingle d'abord le retard français : « A New York, il existe mille écrans et les liaisons informatiques couvrent progressivement tout le pays [...] les professionnels peuvent de plus en plus facilement suivre le marché de leur bureau. Dès à présent, certains professionnels français qui n'assistent pas aux séances de Bourse suivent plus facilement de leur bureau la Bourse de New York que celle de Paris. [...] C'est en partie à son aptitude à assimiler les techniques nouvelles de l'informatique et à mettre en place rapidement un marché recourant largement aux ordinateurs que dépend l'avenir de la Bourse de Paris. » Un vœu pieux qui sera repris beaucoup plus tard.

Hélas, le rapport de Wilfried Baumgartner reste timide en matière de propositions. Il ne retient pas certaines idées examinées en séance et apparemment acceptées, comme celle de créer une déduction fiscale pour l'achat d'actions. De crainte d'être désavoués par leur commanditaire, supposé connaître les préférences de ses concitoyens en matière d'épargne, les membres de la commission ont pratiqué l'autocensure. En définitive, une seule proposition du rapport est reprise dans la loi du 11 juillet 1972 qui autorise les charges d'agents de change à se transformer en sociétés anonymes et à faire de la publicité.

Quelques charges, Bacot-Allain, Courcoux-Bouvet, Fauchier-Magnan, Massonaud-Le Guay, franchissent le Rubicon et adoptent d'emblée ce statut. La société anonyme suscite les passions et alimente maintes discussions autour de la Corbeille. Depuis le milieu du XIXe siècle, les offices sont des sociétés en commandite simple, donc des sociétés de personnes, dont l'agent de change et ses associés sont les commandités. Des proches de la famille, des amis, des clients privés composent le tour de table des commanditaires. L'agent de change est seul maître à bord après Dieu. Il rassemble tous les pouvoirs, entouré de la garde rapprochée que constituent les fondés de pouvoir. En tant que commandité, il est rémunéré par un prélèvement exprimé en pourcentage sur les résultats avant impôt de sa charge. S'il est seul, le chiffre est de 25 %, s'il y a plusieurs associés, 40 %. Afin de disposer d'un fonds de trésorerie régulier, la Chambre syndicale l'autorise à percevoir une rémunération mensuelle en avance sur son prélèvement.

D'un point de vue fiscal, la société en commandite par actions n'encourage pas l'agent de change à constituer des fonds propres. Les sommes mises en réserve subissent en effet la fiscalité sur les revenus des personnes physiques. L'agent de change se garde donc d'alourdir sa déclaration de revenu personnel. D'où un éternel recommencement. Chaque début d'année, il dirige une société en commandite à la structure financière identique à celle de l'année précédente, puisque sans fonds propres supplémentaires. L'agent de change moyen n'est donc guère tenté de changer de navire pour devenir mandataire salarié d'une société anonyme. C'est pourquoi le nouveau statut, avec les contraintes et les bouleversements qu'il induit, mettra beaucoup de temps à s'imposer.

Pourquoi le législateur n'a pas su ou voulu mener une réforme d'ensemble ? Volonté de ne pas bouleverser les choses, rivalité des différents services de la rue de Rivoli ? Le moment était propice. A ce jour, je n'ai pas la réponse. Mais je suis convaincu que la Compagnie n'a pas fait barrage. Comme en 1961, en 1962 et en 1967, quelques décisions sont imposées d'en haut, sans que les acteurs concernés aient un quelconque mot à dire à leur sujet.

Une autre réforme se met en place en avril 1973. Elle implique davantage les agents de change. Nous sommes désormais autorisés à assurer, dans des conditions strictes, la « contrepartie en avance sur le marché », sans impôt de Bourse, avec l'obligation de dénouer sur le marché, lors des séances ultérieures et dans le délai d'un mois, les opérations de contrepartie conclues dans les conditions prévues au règlement général de la Compagnie. L'objet de ces aménagements consiste à améliorer la liquidité* du marché, à permettre d'enregistrer des négociations en dehors des deux heures de la séance de Bourse et à faciliter le commerce des blocs de titres.

Ces réformes limitées mais réelles enclenchent un double mouvement, discret et irrémédiable. Les agents de change sont autorisés à effectuer des opérations de Bourse pour eux-mêmes et en dehors des heures d'ouverture du marché. Ils se transforment officieusement en *market makers** à l'anglaise. Un embryon de marché continu, qui ne dit pas son nom, prend forme. Dans la tradition du droit boursier français, avec son corollaire, le monopole, l'agent de change reste exclusivement l'arbitre impartial des cotations. Tous deux subissent un ébranlement majeur, quoique sans secousse apparente. Un autre langage se met en place, l'exception devenant la règle, à l'image de notre belle langue dont les grands prêtres fixent des règles grammaticales de liaison ou d'accords très strictes pour aussitôt les assaisonner d'exceptions.

Enfin, un décret de 1974 prévoit de faire entrer comme membres à part entière de la Chambre syndicale un représentant des sociétés cotées et un représentant des syndicats. Dominique Boyer, président de la Compagnie maritime des Chargeurs réunis, et Marcel Poulet, syndicaliste CFDT, seront les premiers à siéger dans ce cénacle. Désormais, nous ne sommes plus tout à fait entre nous. Dieu que le monde va vite !

Tout semble se dérouler harmonieusement quand surviennent quatre *anni horribile* qui courent jusqu'en 1978. Provoquée par la hausse brutale des prix du pétrole, la crise a débuté en 1973. L'année suivante, le décès du président Pompidou suite à une douloureuse maladie attriste les Français et mobilise les états-majors politiques. L'annonce d'un candidat unique de la gauche à la présidentielle inquiète la Bourse.

L'élément le plus fâcheux réside dans une longue grève au palais Brongniart. Elle débute le 28 mars 1974 et dure jusqu'au 8 mai. Les syndicats réclament la contractualisation des gratifications de fin d'année. Ils ne veulent plus laisser à l'arbitraire du patron et à son bon plaisir la détermination des montants à distribuer et l'affectation qui en est faite à chaque employé. Ils entendent limiter au maximum l'espace d'appréciation et de liberté revenant au patron de droit divin. Jean Saintoin dirige la délégation patronale et assiste Yves Flornoy, entré à la Chambre syndicale un an plus tôt. Je fais une timide apparition dans la délégation, alors que je viens d'être élu à la Chambre syndicale fin 1973 pour la première fois. Le 5 avril, désespérant de trouver un accord, la Chambre syndicale suspend l'activité en Bourse jusqu'à ce qu'elle reçoive des organisations syndicales l'assurance qu'elles cesseront leur entrave à une tenue normale des séances de Bourse.

Syndicats et patronat arrivent finalement à s'entendre. Les gratifications sont contractualisées et deviennent des participations bénéficiaires. Etendues à toute la profession, elles représenteront environ 30 % du salaire de base. Mieux, grâce à l'action insistante de ses leaders syndicaux, le personnel de la Chambre syndicale obtient que lui soient attribuées chaque année des gratifications calculées sur la moyenne de celles accordées par l'ensemble des charges. Certaines années, les employés de la Chambre syndicale seront mieux traités que ceux des petites charges dans lesquelles aucune rémunération variable ne sera distribuée. L'exaspération est à son comble.

Face à ce qu'ils perçoivent comme une « chienlit » sociale, les investisseurs étrangers quittent le marché. Le volume des transactions s'en ressent et les perspectives de gratifications en fin d'année s'éloignent. Tel est pris qui croyait prendre. Certains ont scié la branche sur laquelle ils étaient assis. Plus grave, les taux d'intérêt à court terme montent jusqu'à 13,9 % en juillet. Or la

Bourse a horreur des taux élevés. En 1975, un redressement est constaté grâce à une baisse des taux courts, mais le ciel s'assombrit à nouveau lorsque le gouvernement annonce un projet de taxation des plus-values* boursières. Les années suivantes ne connaissent pas d'amélioration jusqu'en mai 1977, date de l'annonce de la rupture de l'union de la gauche. Une hypothèque pesante est levée, mais les dégâts sont lourds.

A la Bourse, les indicateurs sont tous à la baisse. S'agit-il de notre matière première, les sociétés cotés ? Comme la cigale de la fable, nous en avons moins à nous mettre sous la dent. Le nombre de sociétés cotées, qui s'élevait à 773 fin 1973, tombe à 655 fin 1977. Conséquence, les émissions d'actions et d'obligations plafonnent, les introductions sur le marché se réduisent comme une peau de chagrin. Le volume total quotidien des transactions sur actions s'effondre à 16,3 millions de francs, contre 19,8 millions en 1976 et 35 millions en 1973, soit une division par deux.

Pour la Compagnie, c'est plus que l'inquiétude. Les comptes sociaux des charges souffrent durement, leur nombre se réduit dramatiquement. En 1977, il tombe sous la barre de 50. Treize maisons de moins en cinq ans, un cinquième de la profession a disparu ! En 1978, le nombre de charges déficitaires approche celui des charges bénéficiaires. Des regroupements s'organisent. Boscher-Jousset, Ollivier-Auboyneau-Labouret, Lambert-Alphen, Ravier-Tuffier, puis Oddo-Desaché, Legrand-Lacourte, Koller-Lacarrière-Dufour, Courcoux-Bouvet fusionnent. Bernard Pierre cesse son activité, tout comme Hemery et Lackenbacher.

La disparition de la charge Pierre frappe la Corbeille. En citant Bernard Pierre, je m'acquitte d'un devoir de mémoire. Personne ne s'attendait à son départ, car tous étaient impressionnés par le développement de son chiffre d'affaires. Sans doute Bernard Pierre était-il plus doué pour les relations publiques qu'il pratiquait à merveille que pour la direction d'une entreprise dans un environnement difficile. Industriel en début de carrière, il n'avait rejoint la Compagnie que sur le tard, après avoir acheté une charge. Grand voyageur, montagnard reconnu, membre du Club des Explorateurs, écrivain distingué, il s'était fait connaître lors de la fameuse ascension victorieuse de la cordée française dirigée par Maurice Herzog sur l'Annapurna en juin 1950 dont il était l'un des membres.

Amateur de grands espaces, ouvert sur l'international, Bernard Pierre supportait assez mal le carcan de la Compagnie, tout en lui reconnaissant les mérites d'une institution plus que centenaire. A l'occasion d'un voyage aux Etats-Unis dans les années 1960, il avait découvert les clubs d'investissement*, ces groupes de quinze à vingt personnes privées qui mettent en commun des sommes modestes pour constituer un portefeuille unique et le gérer ensemble. A son retour, il cherche à faire adopter le principe du club par les autorités financières françaises. Il y parvient en 1968, non sans mal. D'emblée, les clubs connaissent un véritable engouement. Associée de très près à ses projets, passionnée elle aussi par les problèmes financiers, son épouse Roselyne fondera une association de clubs d'investissements pour les femmes, « Femmes de Valeurs », dont les participantes se recrutent dans la bonne société. Lors de son mandat de président du groupe Banque et Bourse des Anciens de Sciences Po, Bernard Pierre emmène banquiers et agents de change tant en Europe qu'en Asie ou en Amérique. Il affectionne cette association qui dépasse les cloisonnements professionnels et forme un véritable effet réseau. Je lui serai toujours reconnaissant de m'avoir facilité cette ouverture sur le monde.

La disparition de l'aiguillon moderniste que représentait Bernard Pierre accentue la morosité qui s'installe dans la corporation. Certains évoquent même la fermeture de la Bourse !

Dans ce climat délétère qui annonce la fin d'un monde, plusieurs événements introduisent néanmoins un peu d'optimisme. En décembre 1976, Yves Flornoy est élu syndic pour un mandat traditionnellement renouvelable d'un an. C'est le leader des réformateurs. Héritier d'une longue lignée d'agents de change, formé aux techniques de management moderne par ses études à HEC, doté d'une mémoire de cheval, d'une culture étendue, Yves Flornoy est curieux de tout, de musique comme de politique. Il incarne à la perfection l'alliance nécessaire entre tradition et modernité, la seule à pouvoir faire bouger le monde boursier.

D'emblée, ses premières déclarations prennent à contre-pied le discours lénifiant qui prévalait jusqu'alors.

« L'actuel consensus démotive un grand nombre de confrères, déclare-t-il tout de go dès sa première intervention à la Chambre syndicale. Nos prédécesseurs ont eu à connaître des périodes où leur avenir pouvait légitimement apparaître sensiblement plus compromis que le nôtre aujourd'hui. Ils ont su traverser les périodes difficiles avec courage et honneur. Soyons leurs dignes successeurs. Contre la peur et l'angoisse, nous n'avons d'autres ressources que de regarder le péril en face et nous mettre à l'ouvrage. Restaurons le moral des troupes par une attitude plus attentive à leurs aspirations et mettons en œuvre une philosophie débouchant sur des décisions claires, précises, exploitables et correspondant au sentiment d'une large majorité de nos confrères. »

L'élection d'Yves Flornoy sonne le glas du règne de Daniel Petit. Après dix-sept années de règne sans partage, ce dernier abandonne au mois de juin la Chambre syndicale à la suite d'une mini-tempête. L'auteur du coup de vent s'appelle Emile Meeschaert, un conseiller financier originaire de Roubaix, très écouté dans la région. Le syndic Yves Meunier le soutient et le fait entrer en 1968 dans la Compagnie par la grâce d'un décret du ministre de l'Economie et des Finances. Il ne met pas longtemps à capitaliser le sentiment d'énervement sourd de ses confrères à l'égard des services centraux de la Chambre syndicale dont le poids financier est jugé excessif. Il est vrai que les agents de change supportent année après année la contribution corporative à des niveaux qu'ils estiment intolérables. Emile Meeschaert constate la disparition régulière des intermédiaires. Publiciste avisé, il a déjà fait paraître en 1966 un ouvrage intitulé *Contribution à la réorganisation de la Bourse.* Il rédige un plus tard un pamphlet cinglant avant de revenir à davantage de modération, dans un article de la revue *Banque* de novembre 1976, intitulé « La Bourse en question ». Celui-ci met en cause les attitudes technocratiques de Daniel Petit, l'opacité de sa gestion, l'importance de ses pouvoirs dans la Compagnie, la prétention de ses jugements, son indifférence vis-à-vis des critiques.

Cette attaque *ad hominem,* peu conforme aux méthodes feutrées de la Corbeille, choque jusqu'à ceux qui partagent les reproches formulés à l'encontre du secrétaire général. Mais le missile touche son but. Daniel Petit quitte son poste. Une page se tourne. Fatigué d'avoir hérité d'un secrétaire général à la si forte personnalité, Yves Flornoy ne s'oppose pas à la candidature que lui propose le Trésor, celle de Philippe Cosserat. D'autant que le syndic ne sera pas indifférent à l'ouverture intellectuelle du nouveau secrétaire général. C'est un haut fonctionnaire cultivé, diplômé de l'Institut des études politiques de Paris et de l'ENA, amateur de cinéma et de littérature. Grand, anguleux, réservé, distant, l'homme est un champion de l'humour à froid. N'entrent malheureusement dans cette relation interactive que ceux qui ont fait leurs humanités... Pour les autres, franchement désavantagés, il se révèle redoutable et peut être cinglant.

Dans cette atmosphère toute d'incertitude et de transition, quelques réformes institutionnelles de fond interviennent, comme la refonte du barème des courtages, avec l'unification des taux pour la négociation des actions et des obligations sur le comptant et des actions sur le marché à terme. En décembre 1977, une procédure simplifiée pour l'admission à la cote officielle de valeurs assimilées de sociétés déjà inscrites est instaurée. Ces mesures modestes traduisent la volonté générale de voir changer les choses.

Les élections législatives de mars 1978 assurent une majorité à la droite sortante. Raymond Barre est reconduit par Valéry Giscard d'Estaing comme Premier ministre. Il fait appel à René Monory, qu'il avait eu l'occasion d'apprécier comme ministre de l'Industrie dans son gouvernement précédent, pour le portefeuille de l'Economie et des Finances. Les convictions libérales des deux hommes débouchent rapidement sur des contacts réguliers avec le syndic. Echanges de vues sur la conjoncture, réflexions sur l'avenir de la Bourse, tels sont les menus d'entretiens qui se déroulent trois fois par an avec le Premier ministre. Raymond Barre sera sans doute le seul Premier ministre avec lequel la Chambre syndicale aura des relations suivies sous la Ve République.

Pourtant, l'émission de l'emprunt de mars 1977, indexé sur l'unité de compte européenne, l'écu, doté d'un avantage fiscal au seul niveau de la déduction des coupons dans la limite de 1 000 francs, inquiète le marché. La collecte approche tout de même les 8 milliards de francs. La Compagnie ne s'était jamais montrée une inconditionnelle de ces grands emprunts d'Etat, émis à grands renforts de trompettes, car ils assèchent pour un temps les liquidités et freinent les ardeurs des investisseurs sur les marchés d'actions. Nous saurons gré à Raymond Barre de clore cette longue série, ouverte en 1871 par les deux émissions d'emprunts nationaux destinés à couvrir l'indemnité de guerre réclamée par le nouvel empire allemand. Il n'y aura qu'une seule exception par la suite, en juillet 1993, de la part d'un autre ministre avec lequel j'aurai des relations suivies, Edouard Balladur. Dans un contexte économique et technique très différent. L'emprunt aura une durée exceptionnellement courte, quatre ans, et son remboursement pourra s'effectuer sous forme d'actions de sociétés en voie de privatisation.

On a dit de René Monory qu'il est le premier homme politique de la Ve République à parler de la Bourse sans avoir l'air gêné. L'homme a mêlé harmonieusement sa vie professionnelle de petit entrepreneur à Loudun et d'élu du peuple. Il est devenu maire de sa ville, puis député et sénateur de la Vienne. Cet autodidacte a donc du sens pratique. A son arrivée rue de Rivoli, il est informé par son directeur de cabinet, Michel Pébereau, que la commission Baumgartner dont il a été le rapporteur a prévu une déduction fiscale pour les actions. Effrayés, les pouvoirs publics ne l'ont pas retenue. Etonné de tant d'émoi, le futur président du Sénat pense qu'une explication simple doit convaincre les Français des bienfaits du marché boursier. Dans une série d'interviews données à la presse et à la radio, il dresse une apologie inédite du profit, un objectif naturel pour toutes les entreprises. La Bourse apprécie, la hausse des cours ressort à près de 46 %, tout en restant toujours en deçà du niveau de 1961.

La loi Monory du 13 juillet 1978 ne passe pas inaperçue. Si l'épargnant achète dans l'année pour 5 000 francs d'actions françaises en Bourse et s'il les garde pendant cinq ans, il bénéficie d'une réduction d'impôt à hauteur de ce même montant. Il peut renouveler cette opération pendant quatre ans. L'épargne constituée est destinée à renforcer les fonds propres des entreprises françaises. Elle ne pèsera pas de façon excessive dans les portefeuilles et ne coûtera pas trop au budget de l'Etat, si on compare cet avantage à ceux dont bénéficient alors l'épargne-logement, les livrets de caisses d'épargne, les livrets bleus du Crédit mutuel et les déductions accordées aux propriétaires de logements loués. La collecte s'élève à près de 5 milliards de francs en six mois, dont 60 % en actions françaises. Banques et agents de change se mobilisent pour proposer à leur clientèle des OPCVM* adaptés, les fameuses SICAV dites Monory. Les agents dc change, avec 20 % de la collecte, ne sont pas ridicules et leur part représente plus que leur poids dans la gestion des actifs boursiers des ménages. Ils n'ont pas ménagé leur peine. Au bout du compte, un million de Français souscrivent et en profitent indirectement car la Bourse de Paris augmente de 70 % entre mars et octobre 1978.

Pourtant le transfert de l'épargne des Français des dépôts liquides et de l'immobilier vers les actions ne se fait pas franchement les années suivantes. En 1979, le deuxième choc pétrolier, comme le premier en 1973, touche de plein fouet les entreprises qui enregistrent une baisse de leurs résultats. Les années 1979 et 1980 sont médiocres. Après l'euphorie, la Bourse retombe dans ses travers.

Aux élections de fin 1978 à la Chambre syndicale, faute d'être élu au premier tour, je me retire de la compétition sur un coup de tête. J'ai conscience que mes confrères critiquent la façon dont j'ai conduit la commission des salaires en 1978. Je préfère laisser la place à ceux qui préconisent bruyamment plus de fermeté. Jean-Pierre Ducatel, un ancien courtier en valeurs mobilières comme moi, me succède. Des grèves reprennent en février et mars 1979. Elles se terminent par l'expulsion des grévistes. Le 20 octobre de la même année, une tentative d'attentat à la bombe est déjouée au palais Brongniart. Un commis courageux transporte l'objet suspect hors de l'enceinte, épargnant sans doute plusieurs vies.

Traumatisée par les conflits à répétition, la Compagnie a pressé la Chambre syndicale de trouver les moyens d'échapper à ces coûteuses paralysies du marché. Comment faire en sorte d'assurer la continuité des cotations sans l'assistance du personnel et des commis ? Sinon en l'assurant nous-mêmes, nous les agents de change avec l'aide de nos fondés de pouvoir et de ceux de nos commis qui n'acceptent pas cet état de choses. Nous nous regrouperons dans la grande salle des assemblées générales. Si cela n'est pas possible, nous irons coter dans des locaux amis, hors du palais. La Chambre syndicale met au point une procédure exceptionnelle numérotée et baptisée 76 100. On cote sans les commis. A bon entendeur salut ! Les syndicats n'apprécient pas.

La grève de février 1979 marque un nouvel affrontement d'une violence encore jamais vue dans la profession. Les thèmes de revendication n'ont pas vraiment changé : augmentation des salaires, amélioration des contrats de gratifications, obtention d'une demi-journée de congés supplémentaires. La 76 100 est mise en application dans le palais et hors du palais, avec une efficacité réduite. Les syndicats, exaspérés, décident l'occupation des locaux du bureau du syndic au cœur même du palais, des services centraux installés 4, place de la Bourse, des services informatiques au 46, rue Notre-Dame-des-Victoires, et ce vingt-quatre heures sur vingt-quatre.

Le palais Brongniart lui-même reste ouvert, désert et mort. Il faudra que la Chambre syndicale engage une procédure auprès du tribunal de grande instance pour obtenir la libération des locaux quelques jours plus tard. Le conflit se termine dans l'amertume générale. Décidément, on ne peut plus continuer dans cette voie. Les critiques fusent de toutes parts. Il faudra qu'un jour la cotation sur écrans installés directement dans les charges vienne se substituer à ces blocages de marché insupportables et ce le plus vite possible. Les syndicats obtiennent quatorze mois et demi de salaire statutaire.

Le spectre de la victoire de la gauche réapparaît en vue de l'élection présidentielle de 1981. L'unité des socialistes et des communistes ne se fait plus autour d'un candidat commun mais d'un programme. Celui des socialistes est marqué par les illusions marxisantes de la nationalisation de pans entiers de secteurs industriels et de la quasi-totalité du secteur bancaire ainsi que de la création d'une Banque nationale d'investissement, qui distribuerait ou devrait distribuer des crédits à guichets ouverts aux entreprises, grandes et petites, et prendrait des participations en capital sur des objectifs de créations d'emplois et de reconquête du marché intérieur. Autant dire que, dans ces conditions, les investisseurs institutionnels* seront réduits à la portion congrue, voire à la disparition.

Le gouvernement a déjà réagi. Au printemps 1979, Raymond Barre reçoit à nouveau Yves Flornoy, qui lui présente un projet d'unification du comptant et du terme. Lors des années précédentes, les banques avaient perdu de l'argent sur les services titres. Le Premier ministre pousse aussitôt René Monory à mettre en place une commission destinée à réfléchir sur la modernisation des méthodes de cotation, d'échange et de conservation des valeurs mobilières en France. Ce dernier demande, par lettre du 24 juillet 1979, à Maurice Pérouse, ancien directeur du Trésor et directeur général de la Caisse des dépôts et consignations, d'animer un groupe de travail « regroupant toutes les parties intéressées et chargé de définir aussi rapidement que possible les modalités précises d'une réforme acceptable pour tous ». Par un courrier du même jour, il soumet à son destinataire copie du projet d'unification du marché à terme. Celui-ci élargira la liste des valeurs admises au marché à terme de la Bourse de Paris et supprimera pour ces valeurs le marché au comptant, en prévoyant des quotités minimales sur ce nouveau segment de marché.

Mais déjà la Chambre syndicale n'a pas eu de mal à inciter certains de ses membres à s'engouffrer dans la brèche ouverte par la loi du 13 juillet 1979 sur la création de Fonds communs de placement dits à vocation générale, par opposition aux FCP d'entreprises dont j'ai parlé plus haut. Le texte de la loi fixe des règles précises de fonctionnement, comme un minimum de capitaux collectés de 2,5 millions de francs au départ, le plafonnement de chaque fonds à 200 millions de francs et une proportion de liquidités plafonnée à 20 % des actifs gérés, la fameuse « obligation de l'obligation ». Leurs détenteurs pourront aussi bénéficier des avantages fiscaux de la loi Monory s'ils détiennent au moins 75 % d'actions françaises. Par leur poids réduit, l'absence de formalités juridiques lourdes à la différence des SICAV, qui sont des sociétés, les FCP s'avèrent des véhicules d'épargne souples. Des charges d'agents de change peuvent non seulement les commercialiser mais aussi les concevoir et les gérer sous leurs propres couleurs. Plusieurs charges reprennent la balle au bond et se lancent dans la bataille avec des objectifs ambitieux.

Au sein de la commission Pérouse, la Compagnie est représentée par Yves Flornoy. Le syndic y côtoie un homme d'assurances, Georges Plescoff, un industriel, Roger Martin, deux fonctionnaires, Jean-Yves Haberer, directeur du Trésor, et Jean Donnedieu de Vabres, président de la COB, et deux banquiers, Dominique Chatillon et David Dautresme. Leurs travaux s'étalent sur quatorze mois, de juillet 1979 à octobre 1980. Ils incluent des débats en comité restreint mais aussi des visites à l'étranger, pendant lesquelles les membres de la commission se familiarisent avec les nouveaux instruments ou techniques opératoires en cours aux Etats-Unis, en Grande-Bretagne, au Japon et dans les pays d'Europe continentale.

A l'automne 1980, Maurice Pérouse remet son rapport au ministre de l'Economie et des Finances. Dans ses conclusions, il rappelle d'abord les acquis institutionnels et fiscaux depuis la loi de juillet 1965 et les faiblesses de la Bourse à la charnière des décennies 70 et 80. Il démontre ainsi, chiffres à l'appui, que l'industrie des valeurs mobilières est coûteuse pour les banques dans sa composante gestion des titres. Les agents de change ne sont pas épargnés, puisque la concentration des négociations sur le premier ordre est jugée obsolète. Enfin, depuis les tristes grèves de 1977 et 1979, les membres de la commission constatent qu'aucune disposition n'a été mise en place pour faire revenir les investisseurs étrangers sur le marché financier français. Pour résumer, les acteurs du métier du titre doivent combler leur retard en matière de comptabilité analytique (on ne sait pas quel est le prix de revient d'un produit ou d'un service) et d'informatique dans la transmission des ordres et la diffusion de l'information (le seul moyen de faire baisser le coût unitaire des opérations et de les accélérer).

Dès lors, la Commission se fixe des objectifs précis à moyen terme. Elle propose de simplifier le régime des titres, lourd et coûteux, par la création d'une formule d'inscription en compte chez l'émetteur ou l'intermédiaire. Cette procédure préfigure la « dématérialisation » des titres, qui débutera quatre ans plus tard. Pour la mise en place du marché continu, elle préconise le remplacement du double marché comptant-terme par un mode unique de cotation. Elle prévoit d'étendre la gamme des opérations conditionnelles, limitées aux options fermes et aux primes, à un véritable marché d'options négociables, comme il en existe aux Etats-Unis depuis 1975. Elle recommande enfin le développement de la commercialisation des valeurs mobilières par les intermédiaires boursiers.

A la Corbeille, les avis sont favorables sur les grandes propositions du rapport, et ce d'autant qu'il ne remet pas en cause le monopole. Toutefois, chacun prend conscience des importantes transformations technologiques à engager, du choc des cultures enracinées et des habitudes à changer. Une période probatoire de trois ans est évoquée. Mais déjà se profile l'élection présidentielle de mai 1981 qui brouille l'horizon. Finalement, la déduction fiscale Monory, par la simplicité de son mécanisme, séduit tout le monde et fait monter les cours.

Entre juillet 1978 et décembre 1980, l'indice CAC, qui regroupe l'ensemble des valeurs françaises cotées à la cote officielle, progresse de 60 %. Pour la sixième année consécutive, Yves Flornoy est réélu au poste de syndic. Les confrères savent que je suis l'un de ses proches. C'est pourquoi ils viennent volontiers me faire leurs confidences, assurés qu'elles lui seront rapportées. A la Corbeille, la Compagnie l'apprécie mais grogne. D'abord parce qu'il a le tempérament d'un homme d'autorité, avec des qualités intellectuelles remarquables soutenues par une puissance de travail peu commune. Yves Flornoy affronte dans le calme les situations difficiles et sait prendre une décision. Elu syndic à la veille du départ de Daniel Petit, il réunit dans ses mains tous les attributs du pouvoir. L'approche mesurée de Philippe Cosserat, le conflit de personne qui oppose, au début de son mandat, Yves Flornoy à son premier adjoint, Paul Rondeleux, facilitent l'hégémonie retrouvée du syndic.

La politique générale de la Compagnie porte sa marque personnelle et les Chambres syndicales successives, trop heureuses d'avoir un chef, ne lui ménagent pas leur soutien. Progressivement, Yves Flornoy monopolise les interventions extérieures à travers les médias et place des hommes qui lui sont proches à tous les postes à vocation stratégique. Le syndic est membre du comité de financement du Plan, du Conseil national du crédit, du collège de la COB, administrateur de la Dafsa. Depuis 1981, il préside enfin le Comité européen des Bourses de valeurs (CEBV) pour un mandat de trois ans. Face à cette concentration des responsabilités entre les mains d'un seul homme, la Compagnie des agents de change conçoit quelque amertume. Elle commence à déplorer la rareté et la difficulté des contacts avec son syndic.

Rassemblés tous les jours à la Corbeille, les agents de change affectionnent de pouvoir approcher ce dernier et de l'entendre commenter l'actualité. S'ils ne le voient plus pendant quelque temps, le dépit et le ressentiment s'installent. On reproche aussi à Yves Flornoy un ersatz de dialogue et, quand il s'instaure, la rudesse de l'échange. Une certaine jalousie se fait jour devant le développement de sa charge. Les années passant, la Compagnie supporte moins bien l'exercice d'un pouvoir fort. Celui-ci se manifeste à l'occasion par des mesures disciplinaires plutôt brutales à l'encontre de confrères pris en défaut.

Hommes d'affaires réalistes, les agents de change reconnaissent néanmoins en privé le renforcement de la notoriété de l'institution depuis qu'Yves Flornoy la préside. Volontiers frondeurs et critiques, mais traversés de courants divers, pressés de se transformer, les agents de change demeurent toutefois plus sensibles aux préoccupations qui les touchent de près. Le sentiment de l'inadaptation des règles qui régissent l'institution se fait plus net. Face à la complexité croissance des mutations de l'environnement, le rituel de l'élection annuelle des membres de la Chambre syndicale apparaît à beaucoup dépassé. Sur le plan institutionnel, un mandat de trois ans qui se substituerait à l'élection annuelle emporterait l'adhésion générale.

La Compagnie nationale regroupe depuis 1967 une centaine d'agents de change de Paris et de province, où chacun dispose d'une voix, ce qui a fait naître en son sein une interrogation nouvelle. Les charges de province ne sont-elles pas surreprésentées par rapport à leur poids économique ? Or celles-ci comptent sur cet avantage pour ne pas se faire oublier. Agents de Paris et de province ne s'unissent que lorsqu'il s'agit de critiquer leur propre administration centrale. En effet, à trop promouvoir la Compagnie à l'extérieur, ses dirigeants ont peut-être négligé la gestion des services centraux, qui se sont transformés en une mosaïque de départements aux effectifs pléthoriques mal contrôlés par le nouveau secrétaire général. Les services informatiques, en cours d'installation, suscitent les critiques des confrères usagers, prompts à exagérer les erreurs et à dramatiser les évolutions d'une technologie que la plupart d'entre eux connaissent mal.

Soyons magnanimes. La Compagnie a surmonté la crise des années 1970. Sans jamais douter du caractère provisoire de cette dernière, elle en sort restructurée, plus solide. Depuis les succès de la droite aux élections législatives de mars 1978, et avec René Monory, la Compagnie « est de retour ». Elle est redevenue un véritable acteur au sein de la communauté financière, capable non seulement de participer aux débats d'idées, mais aussi d'apparaître comme le maître d'œuvre des transformations indispensables. En moi-même, je me pose la question de savoir si nous avons vocation à rester dans le monopole. Comme l'écrit Maurice Pérouse dans les conclusions de son rapport : « Dans les pays où la commercialisation des titres semble plus active, il n'y a pas, comme en France, discontinuité entre les réseaux collecteurs d'ordres et les opérateurs de marché ; c'est le cas des grandes maisons de titres aux Etats-Unis, ou au Japon, ou celui des réseaux bancaires dans les pays voisins. »

Il est clair que nous sommes très éloignés d'un schéma de type Merrill Lynch, la célèbre firme new-yorkaise qui inclut sous la même enseigne une banque d'investissement, un agent de change négociateur de titres, un *jobber* à la britannique susceptible d'acheter et de revendre des titres pour son compte avant de les reclasser sur le marché ou hors marché auprès de sa clientèle ou de celle d'un *broker.* Devons-nous nous inspirer de ce schéma ? Nous n'en sommes pas encore là. En ce tournant de décennie, il est bien difficile de percevoir ce que l'avenir nous réserve.

6

« *What about your antique market ?* »

Début 1980, la Bourse de Paris apparaît identique à ce qu'elle était au temps du général de Gaulle et rien ne laisse pressentir l'ouragan des *Golden Eighties*. Les deux piliers de la Place parisienne restent la criée et la cotation simultanée des actions de deux cent cinquante sociétés sur les deux marchés du comptant et du terme. L'unicité de cotation mise en place en octobre 1961 permet à tous les ordres de Bourse concernant une même valeur d'être transmis pour exécution sur un parquet unique. D'où une meilleure confrontation des offres et des demandes et une information plus claire sur les évolutions du marché. Par voie de conséquence, le rassemblement de tous les ordres sur une même valeur au coup de cloche de 12 h 30 (heure à laquelle arrivait autrefois la diligence en provenance de Lyon !) et leur confrontation à la criée apparaissent toujours comme la méthode la plus équitable pour la fixation d'un prix, opposable à tous, le premier cours.

La criée fait partie des « vaches sacrées » de la Place. Elle se pare de vertus égalitaires et démocratiques. Tous les clients, de la plus modeste personne privée à l'institutionnel le plus important, sont traités de façon identique. Les professionnels aiment à rappeler que la criée s'adapte particulièrement bien aux sautes du marché ;

à diverses reprises, elle a démontré ses qualités de flexibilité pour faire face à des flux d'ordres exceptionnels.

Marché à la criée, la Corbeille est strictement réservée aux agents de change. Certains confrères y acquièrent une vraie maîtrise. Ils suscitent l'admiration de ceux qui comme moi, plus novices ou moins passionnés, n'ont pas accédé à la dextérité des grands « ténors ». Ce sont eux qui tiennent les carnets d'ordres, c'est-à-dire les ordres en attente. Exécuter les ordres des grands clients institutionnels, qu'ils soient français ou étrangers, qu'il s'agisse de banquiers ou d'assureurs, avec discrétion et efficacité correspond à un vrai service. C'est un argument non négligeable dans la sollicitation des ordres auprès des clients. Sur les autres groupes de criée, les commis de Bourse disposent d'une large appréciation dans l'exécution. De l'efficacité de ces derniers dépend largement l'orientation des ordres vers telle charge plutôt que telle autre.

Le marché à la criée essuie pourtant des critiques de plus en plus nombreuses, notamment de la part des grands donneurs d'ordres étrangers. La commission Pérouse, dont les travaux s'étalent de 1979 à 1981, en a dressé la liste. La séance de Bourse dure deux heures à peine. Après le premier cours où se concentrent tous les ordres « au mieux », les volumes deviennent plus restreints. Les donneurs d'ordres étrangers, souvent anglo-saxons, ont le sentiment de travailler à l'aveuglette, ignorant tout des tendances qui précèdent ce fameux premier cours et celles qui suivent. D'autre part, la criée ne donne pas d'informations, ni sur les quantités échangées ni sur les ordres en attente. A la criée, les interventions doivent être préméditées et ponctuelles. Dès lors qu'un cours est souligné par le président de cote qui marque la fin du débat, ou par les coteurs de la Chambre syndicale, l'intervention devient aléatoire. Enfin les valeurs de la cote du terme font toujours l'objet chaque jour d'au moins deux cotations parallèles, l'une au « comptant du terme », l'autre à terme, ce qui introduit une complication inutile en suscitant des écarts peu justifiables entre les deux marchés. C'est l'Arlésienne du marché. Objet de toutes les ambitions mais jamais réalisée, cette dualité de cotation constitue l'obstacle principal à la mise en place d'un marché continu. Les conclusions du rapport de Maurice Pérouse donnent pourtant les moyens d'y parvenir.

La Compagnie a repris confiance en elle et semble, en apparence, prête aux changements inéluctables qui vont affecter le marché. C'est alors que survient un séisme politique de grande ampleur, l'élection de François Mitterrand à la présidence de la République. Elle est suivie par les élections législatives, facilement gagnées par la gauche. Le programme commun et son train de nationalisations vont être appliqués. La profession sombre de nouveau dans la sinistrose et les états d'âme. D'avril à juin 1981, en l'espace de deux mois, l'indice CAC* abandonne plus de 30 % et retrouve son niveau de 1976. La reprise timide qui s'amorce pendant l'été 1981 ramène la baisse à 19,5 % pour l'ensemble de l'année.

Le programme de nationalisations de 1982 se révèle désastreux pour la Bourse. La cote est vidée de son contenu avec le retrait des principales sociétés industrielles et financières françaises. En outre, l'élan de modernisation amorcé par Yves Flornoy en 1976 et la volonté affichée de hisser la Place de Paris au niveau de la compétition internationale sont brutalement interrompus. Les réformes techniques proposées par le rapport Pérouse, bien qu'approuvées par les principaux acteurs de la Place, sont mises au placard. La loi sur la dématérialisation des titres est certes votée en décembre 1981, mais sa mise en œuvre ne commencera qu'en novembre 1984.

Ouvertes par la semaine de 39 heures payées 40, la cinquième semaine de congés payés et les nationalisations, les deux premières années du gouvernement Mauroy se terminent par une troisième dévaluation du franc en mars 1983. Entre-temps, la commission mise en place par Jacques Delors planche sur une réforme de l'épargne. David Dautresme, son président, est directeur général adjoint du Crédit lyonnais et membre du club Echanges et Projets. Il présidera le Crédit du Nord et entamera par la suite une brillante carrière de gérant associé chez Lazard Frères. Jean-Denis Massonaud y représente la Compagnie des agents de change. Après avoir écouté les experts et les praticiens de la banque et de la finance, la commission publie en mai 1982 un rapport en trois volumes qui perturbe, paraît-il, le gouvernement pendant quelques mois. Il est vrai que parmi les propositions figuraient la suppression de l'avoir fiscal et la banalisation du livret de Caisse d'épargne. A la fin de l'année, le débat est tranché et l'essentiel des propositions de la commission, avec la création de nouvelles formes de titres, est repris dans la loi de Finances et la loi du 3 janvier 1983. A défaut de réformes d'esprit libéral, l'innovation est de mise.

Elle annonce le fameux tournant du printemps 1983. Pierre Bérégovoy, nouveau ministre de l'Economie et des Finances après le départ de Jacques Delors, s'engage dans une politique économique radicalement différente. Son entourage immédiat s'intéresse de près aux marchés financiers. Nous voilà face à deux nouveaux interlocuteurs, Jean-Charles Naouri, directeur de cabinet de Pierre Bérégovoy, et Daniel Lebègue, directeur du Trésor.

Le premier, fort en thème, lauréat du concours général, major de l'ENA, traîne avec lui une réputation de surdoué. Il est timide et ce n'est pas sans difficultés que je parviens à établir des relations cordiales avec lui. Je rencontre plus souvent Daniel Lebègue. C'est lui qui exerce la tutelle sur la Compagnie. Il était conseiller technique au cabinet de Pierre Mauroy en 1981 avant de participer, en 1983, à la préparation de la grande loi bancaire de janvier 1984. J'apprécie en lui son attitude à la fois rigoureuse et réservée et sa capacité d'écoute. Non sans sourire intérieurement lorsqu'il prend un ton doctoral, en pesant chacun de ses mots. Nos séances de travail deviennent rapidement chaleureuses et empreintes de franchise.

Jean-Charles Naouri comme Daniel Lebègue nous pressent de mille questions sur l'organisation du marché et son fonctionnement. A l'heure où libéralisme et *deregulation** renversent, outre-Atlantique et outre-Manche, le monde keynésien qui dominait sans partage l'après-1945, ils souhaitent dépoussiérer de fond en comble le système français. Leurs propos, émis au sein d'une école de pensée socialiste qui s'était promise de construire une autre société, nous laissent cois. « Vous êtes des libéraux et nous voulons déréglementer, nous annoncent-ils sans barguigner. Vous avez notre accord pour engager les réformes. Vous y croyez, alors allez-y... »

Nous quittons ces réunions bousculés, interloqués. Nous croyions depuis longtemps en l'économie de marché et dans les vertus du libéralisme. Et voici que les représentants de notre tutelle, au plus haut niveau, font leurs ces idées et nous mettent au défi d'accomplir les valeurs qui sont les nôtres. Notre horizon lourdement plombé se déchire brusquement et se pare de couleurs inattendues... La Bourse ne s'y trompe pas. En baisse en 1981, stable en 1982, elle s'emballe en 1983 avec une hausse de 57,9 %.

Au même moment, les établissements bancaires attisent en sous-main le feu qui couve. Fortes de leurs grands réseaux de collecte d'ordres, les grandes banques commerciales représentent déjà 75 % des ordres des banques. Depuis longtemps, elles souhaitent avoir la mainmise sur les intermédiaires en Bourse pour obtenir une meilleure rémunération de leur collecte. Elles pèsent de tout leur poids, tant sur les agents de change, dont elles sont des clients très importants, que sur les orientations de la Place prises par la Compagnie des agents de change, traditionnellement proche du Trésor. Les banques estiment dispendieux à l'excès le démarchage des ordres auprès des clients, leur réception, leur routage vers le marché, le contrôle de l'exécution et le retour des réponses une fois les ordres exécutés.

Quel sera le futur de la Place ? Sous le choc des nationalisations, l'avenir de la Bourse parisienne apparaît compromis. Les percées de la loi Monory s'estompent peu à peu dans les esprits. Les introductions de nouvelles sociétés semblent vouées, si l'on en croit les statistiques de l'époque, à une chute programmée et inexorable.

Dans les conclusions de son rapport, David Dautresme insiste sur la nécessité d'inciter les entreprises moyennes à venir sur le marché boursier. Surtout, il suggère que la Compagnie des agents de change, en charge du marché des actions, se préoccupe de recruter de nouvelles sociétés. Deux marchés anglo-saxons, l'américain *Over The Counter* (OTC) et le britannique *Unlisted Securities Market* (USM*), servent alors de modèles. Le deuxième apparaît fort séduisant. Ses dirigeants se vantent d'avoir attiré cent sociétés en peu de temps sur un marché fondé sur des modalités d'introduction souples et des principes de fonctionnement simples.

Impressionné par ces exemples, Yves Flornoy me confie en 1982 la présidence d'une commission interne à la

Compagnie. Ma mission ? Etablir un diagnostic et proposer des recommandations pour stimuler dans l'Hexagone les introductions de PME en Bourse. A peine ma modeste commission a-t-elle entamé ses travaux que, d'emblée, les professionnels émettent doutes et critiques. « Nous avons déjà innové dans ce domaine, prétendent-ils. Cela n'a jamais marché. Pourquoi recommencer ? » L'allusion vise le compartiment spécial du hors cote, mis en place fin 1977 et destiné à recevoir des cotations de sociétés moyennes. Lancée sous le parrainage du marché du hors cote, à la réputation discutée, l'initiative avait échoué.

Ajoutons que les professionnels, traumatisés par les décisions prises en 1981-82, sont persuadés que les chances de succès d'un marché spécifique sont illusoires dans le contexte politique du moment. Sans de fortes mesures d'accompagnement, l'échec est au bout de la route. Reste que nous n'avons pas le choix. Si cette nouvelle initiative échoue, c'en est fini de la Bourse elle-même et de sa survie à moyen terme. Il faut donc à tout prix vaincre le scepticisme général. Les membres de la commission ont la conviction qu'il faut construire une image positive de ce « second marché », en sollicitant, pour y parvenir, l'assistance d'un conseil neuf et doté d'une expérience internationale. Au fond, tous les marchés financiers occidentaux sont confrontés à des problèmes du même ordre. Pourquoi ne pas aller glaner quelques enseignements auprès des Bourses voisines ? C'est ainsi qu'en juin 1982, nous confions au prestigieux cabinet McKinsey une mission d'accompagnement pour réaliser notre projet.

McKinsey nous livre une analyse serrée des raisons pour lesquelles les entreprises n'envisagent plus d'entrer en Bourse. Principale cause : la rigidité des procédures existantes. Il faut donc mettre au point un marché boursier nouveau, d'abord adapté aux besoins des entreprises moyennes. Et, pour cela, tourner le dos à certains des sacro-saints principes en vigueur sur le marché officiel. Seulement 10 % des actions seraient mises à la disposition du marché le jour de l'introduction au lieu des 25 % requises sur le marché officiel. Les coûts supportés par la société pour la réalisation de l'introduction seraient diminués par l'étalement progressif sur trois ans de la mise à niveau des révisions comptables. Les obligations d'informations données par l'entreprise seraient allégées par rapport à celles exigées sur la cote officielle.

Les sociétés candidates prendront à l'égard de la Commission des opérations de Bourse un certain nombre d'engagements. Celle-ci s'appuiera, au début, sur la bonne réputation de l'entreprise et sur l'honnêteté de ses informations. Avec la souplesse des procédures, la liquidité constitue la véritable nouveauté de ce marché. Une contrepartie soigneusement organisée, permettant une liquidité des actions acceptable dans un contexte de faible capitalisation, sera mise en place. Là encore, les agents de change, rompus à l'intermédiation, se méfient de ce qui ressemble de près ou de loin à toute prise de risque.

L'idée forte est de faire du Second marché – c'est le nom qui s'impose très vite – un vrai marché en soi, autonome, assimilable pour les institutionnels à la cote officielle. Encore faut-il le vendre aux sociétés intéressées... C'est-à-dire le doter d'une notoriété propre, en le démarquant nettement des autres marchés. La société Zodiac ouvre le bal des introductions. Une trentaine d'autres suivront en 1983. En l'espace de trois ans, cent quatorze entreprises le rejoindront. Parmi elles, des filiales de grands groupes industriels, comme Saint-Gobain Emballages, des sociétés familiales ou personnelles comme Clarins, NRJ et Yves Saint Laurent, des sociétés de services informatiques, tels que Dataid et Cegid. La barre fatidique de trois cents sera atteinte en 1989, six ans après la création du marché. Les chiffres parlent d'eux-mêmes. Un nouveau marché est né et prospère.

Celui qui met en musique le Second marché, qui va accompagner chacune des sociétés jusqu'au jour de l'introduction en leur apportant toute son intelligence, s'appelle Bernard Mirat, le secrétaire général adjoint de la Chambre. Il est le grand ordonnateur de la cote. Aucune des opérations financières initiées par les sociétés ne lui échappe.

Tôt débarqué dans son bureau, vers 8 heures du matin, Bernard Mirat est déjà passé chez son libraire de la rue de Provence où il a jeté son regard d'expert sur les livraisons du matin. C'est son premier rendez-vous. Les grands acteurs du marché gagnent beaucoup de temps à exposer à Bernard Mirat leur projet d'opération en prenant rendez-vous à 8 heures du matin, car il est difficile de trouver un meilleur moment ! On sort de son bureau muni d'un engagement marqué à aller de l'avant ou, au contraire, handicapé par une série de réserves qui vous condamnent à approfondir le dossier. Déçu sans doute de ne pas avoir été retenu comme successeur de Daniel Petit, Bernard Mirat s'est en effet construit, au fil de la sophistication des opérations financières et du développement des batailles boursières, un espace unique de compétence sur le marché financier. S'agissant de l'administration des services centraux, Bernard Mirat intervient peu, que ce soit dans l'élaboration des comptes annuels, la préparation des budgets ou la gestion de l'ensemble des personnels et services administratifs de la Chambre syndicale, domaine réservé de Philippe Cosserat et de Michel Périer, secrétaire général adjoint.

Il y a pourtant quelques ombres au tableau. Tout d'abord la faiblesse du nombre de sociétés étrangères (elles se comptent sur les doigts d'une main). Ensuite, l'insuffisance de la liquidité qui, en dépit de la création de « contrats de liquidité » assurés par les teneurs de marché, provoquera des déséquilibres de la demande par rapport à l'offre et des écarts de cours excessifs, à la hausse ou à la baisse avec, dans ce dernier cas, une lassitude des investisseurs ; enfin la venue de quelques moutons noirs qui ne se contenteront pas d'effectuer des contre-performances suite à des mauvais choix de marchés ou des problèmes de gestion, mais tomberont dans l'escroquerie. Conséquences : la capitalisation boursière, tout comme le volume des transactions, n'atteindra jamais plus de 5 % de l'ensemble du marché actions de la Bourse de Paris. Enfin, comment gérer à l'introduction l'afflux de demandes face à la rareté des titres offerts ?

Revenons à la Chambre syndicale. En 1982, Yves Flornoy m'incite à postuler au poste de premier adjoint au syndic en charge du fonctionnement du marché. Sans doute à cause des bonnes relations entretenues avec les syndicats, mes confrères me classent dans la catégorie des « politiques », à rebours du profil du poste, les fonctions de premier adjoint étant généralement confiées à un « technicien ». Agacé par l'image qui me colle à la peau, je tente ma chance. En décembre 1982, je suis élu premier adjoint. Si je reste pour beaucoup un politique, me voilà désormais revêtu des attributs rassurants du technicien. En réalité, je suis dans l'antichambre du pouvoir.

Toute élection comporte une marge d'incertitude et celle du syndic de la Compagnie n'y échappe pas. En général le premier adjoint au syndic, son bras droit, quelquefois son fils spirituel, se porte candidat à la succession de ce dernier. En fait l'histoire de la Compagnie enseigne que la position de premier adjoint ne mène pas automatiquement à la présidence. En 1922, lorsque Paul Deseilligny remet sa démission dans les mains de son adjoint Jean Hayaux du Tilly, le choix de la compagnie se porte sur Louis-Edouard Jacob, simple membre de la Chambre syndicale. Quand celui-ci démissionne, vingt ans après, en 1941, on s'attend à l'élection de Jean Libert, son premier adjoint ; mais celui-ci se dérobe pour raisons de santé. C'est Marc Desaché qui l'emporte. Un peu plus tard, Robert Goy, premier adjoint de Pierre Sellier pendant neuf ans, ne peut lui succéder. Les confrères estiment que la personnalité de Robert Goy, son intelligence, sa connaissance approfondie des dossiers et des mécanismes boursiers, son sens du commandement font de lui un premier adjoint idéal, pas un syndic. Ils élisent Pierre Bottmer, plus proche des héros de Feydeau, bon vivant et communicatif. En décembre 1967, Paul Rondeleux, agent de change dès l'âge de vingt-cinq ans et premier adjoint de Pierre Bottmer, ne devient pas syndic. La Compagnie lui préfère Yves Meunier, personnage à la bonhomie rassurante mais plutôt conservateur.

La prudence reste donc de mise lorsque j'affronte la succession d'Yves Flornoy face à un concurrent de la valeur d'Alain Ferri, venu comme moi de l'ancienne coulisse, excellent technicien des marchés, artisan du développement des produits nouveaux et doté d'un sens politique très pointu. Depuis 1974, date à laquelle je suis entré à la Chambre syndicale, j'ai suivi presque sans interruption le lent cheminement qui, étape après étape, me conduit à m'approcher du « saint Graal », la fonction de syndic. J'entretiens avec Yves Flornoy, non seulement une relation sincère d'amitié, mais aussi un dialogue facile et sans fioritures. Nous nous comprenons bien, ce que les confrères n'ignorent pas. J'admire son charisme, j'envie sa capacité de travail, je m'émerveille de son don d'écriture. Son appui est donc un atout dans cette campagne très subtile et rend mon élection vraisemblable. Il fait passer quelques messages bien ciblés par le truchement de grands électeurs, confrères reconnus pour leur autorité naturelle, leur influence, ou par le doyen lui-même, André Hayaux du Tilly.

Le doyen occupe une place particulière au sein de l'institution. Il est l'agent de change le plus anciennement nommé au tableau de la Compagnie. On dit de lui qu'il est le « doyen de charge » et non doyen d'âge. Il préside l'élection du syndic chaque année. Il doit veiller au respect de la constitution corporative, de la déontologie et des usages. André Hayaux du Tilly s'acquitte de cette mission avec une haute conscience de ses devoirs et beaucoup d'élégance. Le syndic le reçoit et entend ses avis, bien qu'il ne participe à aucune instance, à aucune commission, à aucune chambre. C'est un homme seul et indépendant.

Lors de l'assemblée générale du 19 décembre 1983, André Hayaux du Tilly prend la place d'Yves Flornoy pour présider les débats et procéder aux opérations de vote. Je suis élu par 59 voix contre 39 à Alain Ferri. Puis Yves Flornoy revient, debout face à l'assemblée, pour me céder aussitôt la place. J'ai bien entendu soigneusement préparé mon discours. Autour de moi me rejoignent Alain Ferri, premier adjoint, Jean-Denis Massonaud, Pierre Lacarrière, François Bacot, Nicolas Meunier, Marc Auboyneau, Gilles Dupont, Philippe Roger, représentant les syndicats, et Emile Veron, PDG de Majorette, qui représente les sociétés cotées.

J'exprime mon émotion, ma reconnaissance aussi, pour le double honneur qui m'échoit, celui d'entrer dans la chaîne des hommes qui ont conduit la Compagnie à travers le temps. Succédant à Yves Flornoy, auquel je réitère mon admiration et mon amitié, je suis désormais le vingt-septième syndic. Je rends hommage à la mémoire de mon père, disparu en 1974, qui a pris ma main pour me faire entrer dans la profession.

Puis je m'adresse à mes confrères et leur livre la manière dont je souhaite remplir la mission qui m'est confiée : « J'entends maintenir l'héritage tout en abordant l'avenir dans un esprit d'ouverture. L'unité de la Compagnie fait partie de l'héritage. Si nous avons la sagesse d'assurer notre cohésion, nous préserverons notre indépendance. Pour ce qui me concerne, je ferai en sorte que la responsabilité ultime des décisions soit bien la nôtre et que les agents de change restent les artisans de leur propre choix et de leur propre destin. N'oublions jamais que ce sont les agents de change élus par leurs pairs à la Chambre syndicale qui orientent l'action des services centraux et de son secrétaire général, et non l'inverse. Maintenir c'est bien, anticiper c'est mieux. Tant il est vrai que le "Je maintiendrai" de Guillaume d'Orange ne saurait constituer une politique. »

Il faut aborder l'avenir dans un esprit d'ouverture et, sur ce thème, je donne trois orientations. Il faut d'abord faciliter l'accès à la profession. Les équipes doivent succéder aux individualités. De jeunes collaborateurs n'aspirent-ils pas à partager les responsabilités de chef d'entreprise ? Des cadres de valeur cherchent à nous rejoindre. A nous de trouver de nouveaux modes d'associations plus souples. Vient ensuite la nécessaire évolution des techniques, par la poursuite de l'effort de modernisation en le conduisant progressivement, étape par étape. Nous devons enfin rechercher un équilibre social à l'intérieur des charges. Fort de mon expérience de négociateur face aux syndicats, j'encourage chaque confrère à placer la préoccupation sociale à son juste niveau.

Je termine enfin par une exhortation à l'optimisme et une invite à l'intelligence et au courage. Sur les instances de mon épouse, qui a pris connaissance de mon texte, j'ajoute : « Quant à moi, j'y mettrai aussi du cœur. »

Le coup est parti. Dès les premiers jours de janvier, je rencontre la presse, endossant une initiative lancée par

Yves Flornoy. Chaque début d'année, je la rencontrerai dans le cadre de ce que nous appelons le « Club Presse Finance ». L'ambiance des marchés en ce début 1984 est plutôt bonne. Le 4 janvier, l'indicateur instantané gagne 1,6 % à l'approche du coup de cloche marquant la fin de la séance. Les transactions sur les actions atteignent quelque 400 millions de francs, une bonne moyenne pour l'époque.

Je développe devant les journalistes mon programme d'action : poursuite active de la modernisation du marché, mise en place de l'expérimentation du marché continu, routage des ordres, diffusion de l'information, dématérialisation des titres, consolidation du Second marché, tout cela en respectant l'équilibre social. Puis les journalistes sollicitent des prévisions sur l'évolution du marché en 1984. Nous sortons d'une année qui a connu une hausse de 60 %. Il n'est pas pensable de répéter pareil record. Nous nous trouvons dans un environnement déflationniste, avec une tendance prolongée à la baisse des taux. C'est pourquoi j'annonce une simple hausse de 10 à 15 %.

Ma première déclaration officielle fait du bruit. *Le Figaro* apprécie que le nouveau syndic ait repris à son compte l'ouverture d'Yves Flornoy et salue ses prévisions prudentes mais courageuses sur le comportement futur du marché. A la Corbeille, les agents de change commentent abondamment mes premières déclarations. Ils les jugent extrêmement imprudentes, sans doute arrachées par des journalistes soucieux de me pousser à la faute. Dans ce domaine, le silence est d'or. Il n'y a aucune chance pour que des pronostics aussi hasardeux aient la moindre chance de se réaliser. Et pourtant, le 31 décembre 1984, le marché termine à plus 15 %, pile poil. J'en tire quelque prestige. Des confrères font même le siège de mon bureau pour que je donne mes prévisions pour 1985...

Pendant ce temps, *La Prune*, un journal boursier, daube gentiment sur mon nom, un « nom bien de chez nous s'il en est ». Compte tenu de l'existence d'homonymes au sein même de la profession, l'auteur du billet ajoute : « Les Dupont à la Bourse, ce serait un titre accrocheur pour une bande dessinée. C'est, en l'occurrence, un symbole éminent de démocratie pour une institution qui fut souvent taxée d'élitisme. » Je souris bien sûr à cette pochade sans conséquences.

L'année 1983 a montré, à tous égards, la nécessité d'accélérer les réformes. En dépit de la crise en Europe, de la recrudescence du chômage, de la fragilité du système monétaire international, les marchés financiers occidentaux terminent l'année à leur plus haut niveau historique. Dans tous les pays européens, le ralentissement de l'inflation se confirme. Dans cet environnement propice à la baisse des taux, les investisseurs s'éloignent progressivement des biens réels et s'intéressent à nouveau aux actions et aux obligations. Les gouvernements des pays occidentaux, en orientant l'épargne vers l'industrie et les services, c'est-à-dire indirectement vers les valeurs mobilières, poussent les entreprises à investir.

La nouvelle rigueur économique adoptée par la France au printemps 1983 marque à la fois son ralliement au reste de l'Europe et le retour de l'appétit pour les actions françaises. S'y ajoute, au bord de la Seine, un phénomène technique très commenté, celui de l'« entonnoir ». Les nationalisations ont fait disparaître de la cote près de 20 % des sociétés cotées. D'où un certain déficit, à l'heure où se réveille l'engouement pour les actions. Les investisseurs français et étrangers, convaincus que toute nouvelle baisse des taux entraîne un nouveau mouvement sur les actions, accélèrent leurs achats. Quant aux particuliers, coincés dans l'immobilier et se

Louis Dupont (1795-1872), fondateur de la banque Dupont.

Mon père, Xavier Dupont (1901-1974), syndic de la Compagnie des agents de change de Lille.

Louis-Édouard Jacob,
syndic de 1922 à 1941,
dit le « Grand Jacob ».

Pierre Bottmer,
syndic de 1963 à 1967.

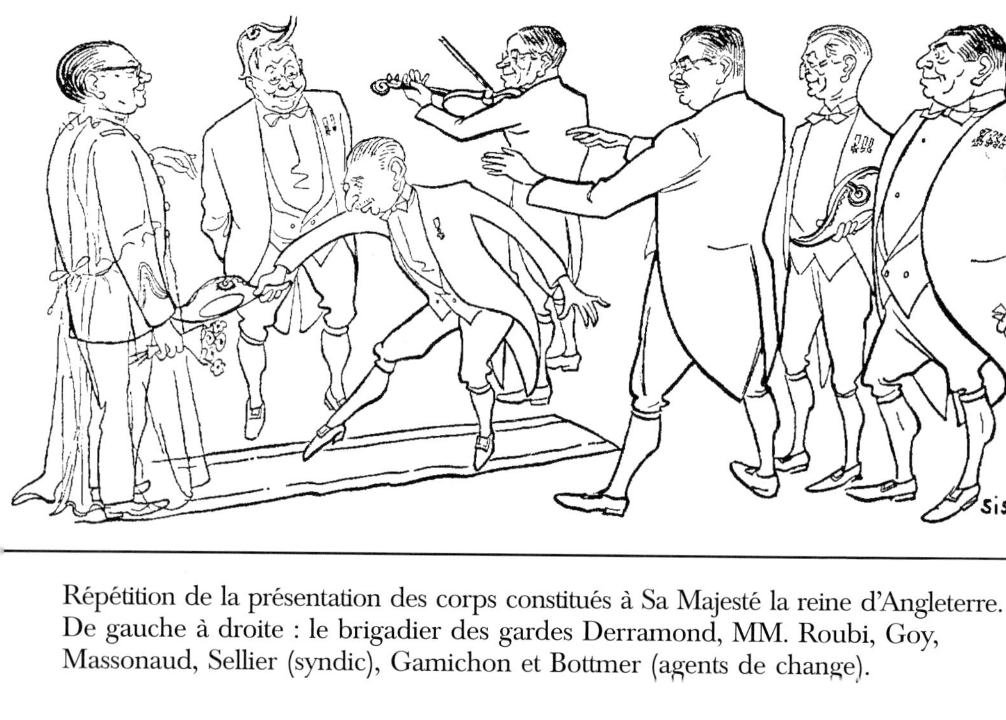

Répétition de la présentation des corps constitués à Sa Majesté la reine d'Angleterre. De gauche à droite : le brigadier des gardes Derramond, MM. Roubi, Goy, Massonaud, Sellier (syndic), Gamichon et Bottmer (agents de change).

Yves Meunier,
de 1967 à 1976.

Daniel Petit,
secrétaire général de 1960 à 1976.

Yves Flornoy, syndic de 1976 à 1983.
Il a lancé la modernisation
de la Place de Paris.

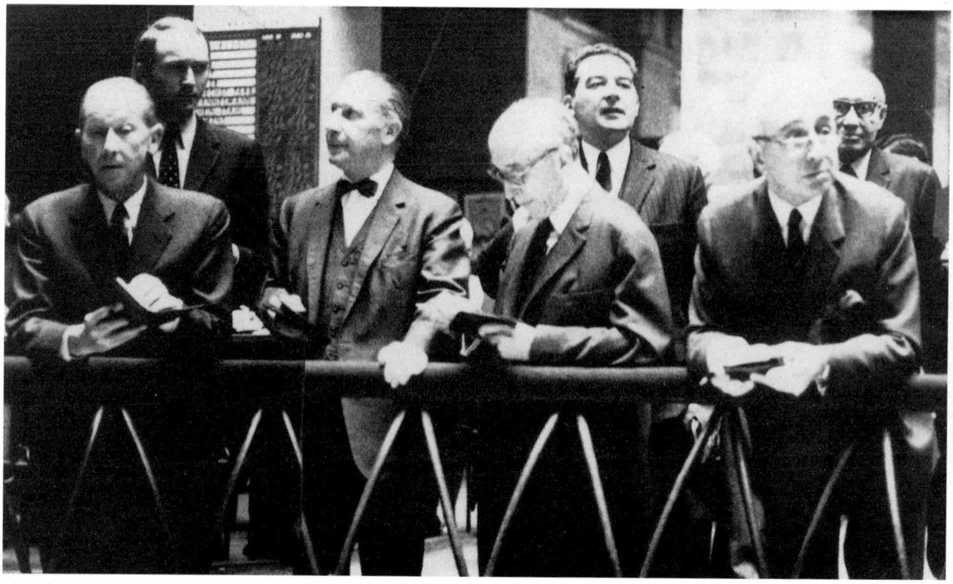

André Hayaux du Tilly à la Corbeille. Doyen de la Compagnie et toujours fidèle au nœud papillon.

Au second plan à gauche,
Francis Denant, à la Corbeille.

Au second plan à gauche,
François Mayer, à la Corbeille.

La chambre syndicale de 1982, présidée par Yves Flornoy.

Assemblée générale dans la grande salle du palais Brongniart, un jour d'élection.

Pierre Sellier, syndic de 1953 à 1963, en compagnie de Wilfried Baumgartner, gouverneur de la Banque de France, ancien ministre des Finances, inaugurant la Bourse après la réforme de décembre 1961.

Le syndic Yves Meunier accueille Valéry Giscard d'Estaing
au dîner de la Compagnie en 1974.

En compagnie d'Édouard Balladur, ministre d'État,
ministre de l'Économie, des Finances
et de la Privatisation, en avril 1988.

La Compagnie rassemblée sur les marches du palais Brongniart en 1982.

La Corbeille avant sa disparition en juillet 1987.

trouvant dans l'impossibilité d'acheter des valeurs étrangères du fait du rétablissement du contrôle des changes, ils suivent le mouvement. Un flux d'ordres d'achats s'engouffre sur le marché, qui repart à la hausse.

Les premières réformes du marché boursier français s'inscrivent dans ce contexte favorable. En avril 1983, le système de la double cotation comptant et terme trouve enfin sa solution. Bien qu'il s'agisse d'une transformation purement technique, le chantier s'avérait difficile, car il incarnait les traditions du marché parisien. Sa mise en place constitue le premier et indispensable étage de la fusée conduisant à l'objectif principal, à savoir la création d'un marché continu.

En dépit des jalousies qu'elle peut susciter autour d'elle, la Compagnie a la capacité d'imposer à la Place une solution de type technique. A la condition d'agir avec précautions, tant à l'égard de ses propres membres que de ses grands clients. Dans le combat de la double cotation, la Chambre syndicale avance sur deux fronts. Tout d'abord, celui de ses propres troupes. Patrons de PME traditionnellement individualistes, bons techniciens des marchés, influencés par la garde rapprochée que représentent leurs fondés de pouvoir, les agents de change ne manquent pas d'idées sur les transformations à opérer... dès lors qu'elles ne se réalisent pas. Certains d'entre eux font penser à ces chœurs d'opéra qui, dans les mises en scène d'autrefois, chantent : « Marchons, marchons », mais sans avancer d'un pas ! Après tout, ce qui existe fonctionne et bénéficie, au surplus, de la force de l'expérience. Par ailleurs, les agents de change entendent toujours exprimer leur avis collectif lorsque tel ou tel projet leur est soumis par la Chambre syndicale en assemblée générale. Nous savons bien qu'il nous faut en passer par là.

L'autre front est constitué par les dirigeants des banques, grandes ou petites. Elles considèrent que leur poids dans les transactions leur confère le droit d'exprimer leur point de vue sur les sujets de réflexion en cours et le proclament haut et fort. Tout comme les agents de change, elles entretiennent des relations avec le Trésor, quoique de façon plus espacée, et pratiquent un intense lobbying. Toutefois, une carte majeure leur fait défaut. Elles sont obligées de passer par la Chambre syndicale ou la Compagnie pour toute transformation technique à apporter au marché.

La suppression de la double cotation comptant-terme pour une même valeur provoque un débat passionné. La recherche d'un cours unique pourrait être réalisée par l'alignement sur le marché du comptant. Les modalités d'appel de marge y seraient greffées, autorisant ainsi la clientèle à effectuer des opérations à terme. Proche du modèle anglo-saxon, un tel schéma avait fait l'objet d'un projet détaillé en mars 1978. Mais la Compagnie, consultée, a rapidement émis un vote négatif trois mois plus tard. Tant cette dernière que les professionnels de la Place sont viscéralement attachés aux mécanismes classiques du marché à terme dit « à la française ». Avec la liquidation mensuelle, on « achète à l'œil » ou l'on vend à découvert avec règlement à fin de mois. On peut aussi faire reporter sa position sur la liquidation du mois suivant. Les clients particuliers, les investisseurs institutionnels français et étrangers plaident pour les modalités de fonctionnement du marché à terme, car ils en apprécient la souplesse. Dans le schéma du « tout à terme », le cours unique est celui du terme. Il est assorti de modalités qui permettent au client de sortir en cours de liquidation.

Ce projet fait l'objet d'une consultation de Place. Au mois d'avril 1983, une ultime version du « schéma d'organisation et de fonctionnement du marché unique » est votée par la Compagnie, avec quelques modifications de terminologie qui demeureront en usage jusqu'en septembre 2000. Se pliant à la logique des nouveaux marchés et aux contingences matérielles et pratiques qu'ils engendrent, la Chambre syndicale décide en définitive que le marché à terme deviendra le marché à règlement mensuel, ou RM*. La technique de la criée y impose de négocier par quotités élevées, avec une modalité de sortie immédiate, dite règlement immédiat, ou RI. Dans ce cas, les transactions faisant l'objet de quotités* plus faibles sont traitées avec une différence de cours légère et normalisée par rapport au cours coté sur le marché RM, un différentiel. Celui-ci porte un intérêt de 0,6 % par mois, qui rémunère l'opération de détail et la mise à disposition immédiate des fonds.

Le marché au comptant continue d'exister pour les seules sociétés qui ne font pas l'objet d'une cotation à terme. De fait, la liste des sociétés cotées sur le RM est sensiblement identique à la précédente liste du terme. Rien ne change dans les mécanismes de règlement et de livraison de titres en fin de mois entre professionnels. Cette réforme limitée explique sans doute son succès. Yves Flornoy assume, en tant que syndic, la phase d'installation d'un seul cours à Paris. Alors premier adjoint, j'ai pour tâche d'en assurer les modalités d'installation concrètes, qui se déroulent sans grandes difficultés. Nous pouvons dès lors nous attaquer au problème du marché continu.

En effet, la pression, tant de la tutelle que des grandes institutions, s'accentue pour que nous disposions d'un tel marché. Avec nos séances de Bourse d'une durée de deux heures, de 12 h 30 à 14 h 30, Paris se trouve progressivement déconnecté des grands marchés anglo-saxons, notamment du marché de Londres. Une fois la séance terminée à 14 h 30, alors que nous cessons de négocier les sociétés françaises cotées à Paris, le London Stock Exchange fait fonctionner ses instruments d'informations et de prises d'ordres, négociant sur les bords de la Tamise des « *non british stocks* », qui incluent bien évidemment nos actions françaises. Sur le continent, le marché de Paris, le plus attrayant, le plus riche en sociétés cotées, constitue naturellement une cible privilégiée. Les professionnels britanniques pratiquent ainsi un marketing agressif auprès de leurs réseaux privilégiés d'institutionnels à travers le monde et leur vendent leur capacité à traiter à partir de Londres toute action de quelque pays que ce soit. Dotés de Bourses moyennes ou de petite dimension, les pays nordiques, la Suède, le Danemark ou la Norvège, constatent peu à peu le déménagement des volumes domestiques au profit du marché de Londres. La France commence à les suivre. Un sursaut s'impose.

Sous l'impulsion d'Alain Ferri et de François Bacot, la Chambre syndicale prend en main ce nouveau dossier au premier semestre 1984. Au départ, nous imaginions que nos services centraux informatiques, très spécialisés sur les valeurs mobilières, étaient en mesure de nous proposer chez nous un logiciel de marché continu et adapté à notre propre philosophie du marché. Six mois plus tard, il apparaît que la conception d'un tel logiciel ne s'élabore pas facilement. En nous obstinant dans une création originale *ex nihilo*, nous risquons de nous enferrer. Après tout, bien des marchés financiers affrontent dans le monde des problèmes identiques. Depuis longtemps, les Bourses anglo-saxonnes et asiatiques fonctionnent en continu. Pourquoi chercher à réinventer la roue ? Allons plutôt voir ce qui se fait sur les places les plus modernes : New York, Toronto, Tokyo. Nous tournons ainsi le dos à la logique hexagonale du nouveau à tout prix, dans laquelle la France s'est illustrée à maintes reprises, qu'il s'agisse du Concorde, de l'Aérotrain ou du logiciel SNCF Socrate, ce dernier resté dans les mémoires pour ses difficultés d'installation répétées.

Nous partons visiter différentes Places dans le monde dans cet état d'esprit et multiplions les contacts lors des rencontres internationales auxquelles nous participons. Nous découvrons ainsi avec un vif intérêt le logiciel qui fonctionne sur le marché canadien de Toronto, le système *Computer Assisted Trading System*, dit CATS*. Pierce Bounting, président du Stock Exchange de Toronto, cherche à promouvoir CATS auprès d'autres marchés et en fait volontiers la présentation. Nous sommes frappés par la similitude des principes qui inspirent les mécanismes de cet outil avec les nôtres. Certes, nous sommes en 1985 et CATS date de 1977. Il a le mérite d'exister et fonctionne très convenablement, au moins pour les sociétés à volume de transactions moyen. Ainsi, l'échelle du Toronto Stock Exchange, en ressortant à 1,5/2 pour les transactions et 2/3 pour la capitalisation, n'est pas hors de proportions avec le marché de Paris.

L'implantation du système CATS vise à moderniser notre activité traditionnelle d'intermédiaire. Notre but est donc bien de mettre au point un marché centralisé, entre agents de change, c'est-à-dire sans laisser aux banques l'accès direct à la négociation, suffisamment performant et productif pour que les gros investisseurs ne puissent faire autrement que l'utiliser. Ce système diffusera au maximum d'intervenants le maximum d'informations pour assurer la liquidité du marché, condition nécessaire pour que les investisseurs viennent sur le marché.

Le marché continu assisté par ordinateur doit être un produit parfaitement adapté aux besoins des consommateurs. Sinon, les ordres ne se dirigeront pas vers un marché centralisé mais vers les systèmes concurrents. Nous devons donc, en tant qu'entrepreneurs, prendre le risque de développer ce produit, le financer, en assurer la promotion et le vendre à d'autres utilisateurs. A la fois service de négociation rémunéré par les commissions et service de distribution d'information, nous pensons en retirer des recettes substantielles. Les agents de change gardent seuls le contrôle de l'instrument. Ils l'ont financé et sont responsables de son fonctionnement face à la Place. Ils sont seuls à avoir accès à la négociation et aux informations du cahier d'ordres. Les autres ne détiennent pas le contrôle du système. Ils ne peuvent obtenir la moindre bribe d'information, sauf par des voies indirectes. Voilà une profession de foi qui plaît à la Compagnie !

Nous avons quelques atouts dans notre manche pour gagner la bataille du CATS. Nous sommes maîtres de notre outil et les exemples étrangers montrent que les marchés d'intermédiaires sont encore bien vivaces. Si nous développons le projet assez vite, les agents de change pourrons garder leur place d'intermédiaires sur les actions au moment où ils sont en train de la perdre sur les obligations. Nous réussirons si nous sommes prêts à y engager une bonne dose de professionnalisme, beaucoup d'esprit d'entreprise, un zeste d'idées neuves. C'est la philosophie du grand large, pas du chacun pour soi. Les chances de succès sont importantes. L'expérience des années a montré l'aptitude de la Compagnie à s'adapter et à faire face à la concurrence.

Trois convictions nous guident dans la mise en œuvre du projet. La première est d'affirmer notre modèle de marché, c'est-à-dire rendre le marché de Paris plus efficace sans remettre en cause un « marché fondé sur les ordres », en opposition avec un « marché de marchands » ou de *market makers*. La deuxième est la nécessité de faire éclater les plages de négociations. Nous sommes parmi les dernières Bourses européennes à concentrer les négociations sur deux heures de séance. Les investisseurs, qu'ils soient français ou étrangers, doivent pouvoir négocier à tout instant et à un cours qui correspond à la situation du moment. Faute de satisfaire ce besoin, Londres s'en chargera. La dernière est de disposer d'une information accrue et d'améliorer la compétitivité des moyens mobilisés. Cette double exigence conduit à doter le marché d'une logistique puissante produisant une information de qualité avec laquelle la criée ne peut rivaliser. Dès lors, il devient possible d'abaisser les prix de revient de l'intermédiation sur le marché de Paris.

CATS est installé sous la responsabilité de la Chambre syndicale. Au terme de l'accord passé entre le Toronto Stock Exchange et la Compagnie des agents de change, l'installation du système informatique se réalise en trois étapes. Une première phase, dite transitoire, court du 1er août 1985 au 30 juin 1986. Elle comprendra la réalisation des tests du logiciel canadien et des simulations de cotations dans quatre charges pilotes reliées à Toronto. Une seconde phase, dite opératoire, verra la cotation en continu à Paris d'un nombre limité de valeurs – de 5 à 50 –, avec l'assistance du logiciel CATS fonctionnant sur les ordinateurs du Stock Exchange de Toronto. Au démarrage du processus, toutes les charges seront équipées de deux terminaux et d'une imprimante leur permettant d'avoir accès au marché des valeurs ainsi cotées. Une troisième phase, dite définitive, débutera le 1er juillet 1987. La cotation fonctionnera alors à Paris sur les ordinateurs de la Compagnie sans limitation du nombre des valeurs cotées.

Lors de diverses réunions, notamment en décembre 1985, je rassure mes confrères sur le montant de l'investissement, de près de 25 millions de francs, représentant l'acquisition de la licence du logiciel et son financement, qui sera assuré par la Compagnie elle-même, de façon à garder à la fois l'initiative et la maîtrise de l'opération. En procédant de la sorte, nous gagnons à la fois du temps et nous minimisons les coûts à supporter pour concevoir et appliquer nous-mêmes le logiciel sophistiqué d'un système analogue.

Les sujets d'inquiétude se concentrent sur la production et, surtout, sur la diffusion de l'information générée par CATS. Je prends clairement position, conscient de la fragilité du processus. Ce nouveau système permet à nos clients de disposer en temps réel, d'une part de la meilleure offre et de la meilleure demande, d'autre part des volumes traités par limites depuis l'ouverture de la séance : historique, prix, quantité. A ceux qui demandent à disposer de toutes les informations et, notamment, qui entendent avoir accès à la profondeur du marché par limites, je réponds que CATS n'est qu'un outil technique. Il n'a pas pour vocation de remettre en cause la répartition des rôles entre les intermédiaires, les banquiers chargés de collecter les ordres et les agents de change chargés de les négocier. Cette « feuille de marché » électronique par agent et par limite permet d'assurer la fonction de négociation.

J'affirme que cette information doit rester l'apanage des agents de change. J'ajoute néanmoins que cette prise de position ne doit pas rester statique. Sans doute, le rôle respectif de l'agent de change et de la banque évoluera dans le futur, comme il a changé dans le passé. Enfin, nos clients institutionnels vont bénéficier de la connaissance en temps réel des volumes échangés. Quel progrès par rapport à la criée !

Au moment où je m'adresse à mes confrères, seulement quatre des dix valeurs les plus actives de Toronto sont traitées par le logiciel CATS. Le système canadien pourra-t-il supporter l'entrée de grandes valeurs, disposant d'un large marché ? Et les pannes ? Face aux éternels inquiets, je n'hésite pas à monter au créneau : « Il y aura toujours des pannes. Mais nous nous livrerons à une montée en charge progressive et contrôlée facilitant l'acclimatation au système et nous rechercherons la collaboration de la charge spécialiste et de la collectivité émettrice. Nous sommes persuadés que le nouveau dispositif entraînera un accroissement du volume des transactions et donc de la liquidité du marché. CATS va nous permettre d'absorber les pointes de volume dans de bonnes conditions. La contrepartie se fera spontanément par le marché lui-même, nécessitant moins de capitaux et des *spreads* (ou des écarts) plus étroits que dans un système de *market makers*. N'ayez pas peur ! »

Pour emporter l'adhésion des sceptiques, François Bacot propose d'emmener à Toronto les responsables de charges et les commis qui le souhaiteront. Ils pourront se rendre compte *de visu* de la façon dont fonctionne CATS. Trois cents participants s'inscrivent à ce voyage. Beaucoup d'entre eux prennent l'avion pour la première fois. Ils rencontrent les principaux acteurs du marché et des clients utilisateurs du système et reviennent convaincus, voire enthousiastes. A partir de ce moment-là, ils se font à leur tour les apôtres du système.

Le 23 juin 1986, les premières cotations sur les ordinateurs basés à Toronto débutent. Le 25 août a lieu la cotation en continu des emprunts d'Etat dans les mêmes conditions. Le 23 décembre, Saint-Gobain, qui vient d'être privatisé, est coté en continu. Dès janvier 1987, trente-six sociétés sont cotées à leur tour. A la fin du mois, nous procédons au transfert des ordinateurs de Toronto à Paris. Puis nous assistons à la montée en puissance régulière du marché continu, à raison de six à huit valeurs de plus à chaque liquidation. Au total, plus d'une centaine de sociétés cotées sur le règlement mensuel sont installées sur CATS fin 1987. Dans le courant de l'année suivante, l'ensemble des cent soixante-dix valeurs présentes sur le RM est « catsé », si l'on peut me permettre ce néologisme. On ne l'a pas assez dit, l'installation réussie du système CATS va dynamiser de manière décisive la Place de Paris. L'assistance technique de grande qualité mise à la disposition par Toronto et la fiabilité du logiciel que nous avons acquis contribuent de façon décisive au succès du projet.

Les banquiers collecteurs d'ordres, comme le Crédit lyonnais, la BNP et la Société générale, suivent bien évidemment de près la diffusion des informations dans la nouvelle configuration. Ils acceptent que les écrans de cotation soient installés dans les charges, mais à deux conditions. En premier lieu, ils veulent que la diffusion des informations de marché soit accessible dans les agences bancaires en temps réel, au moment même où les négociateurs dans les charges en prennent connaissance sur leurs écrans. D'autre part, ils insistent pour que l'acheminement des ordres vers les charges collectés par les agences bancaires soit également réalisé en temps réel afin d'éviter que les charges, en saisissant immédiatement les ordres de leurs propres clients, ne captent à leur profit la clientèle des banques pénalisée par un accès différé.

Pour répondre à ces deux exigences et apaiser l'inquiétude de nos grands clients banquiers, nous installons deux systèmes de diffusion par voie hertzienne qui compléteront le système de négociation électronique des ordres. L'un diffusera sur des écrans de télévision installés dans les agences bancaires les dernières transactions et les meilleures offres et demandes. L'autre, en reliant les ordinateurs des banques à ceux des futures sociétés de Bourses, acheminera les ordres en temps réel vers les négociateurs CATS. La cotation en continu passe sans coup férir dans les mœurs et sans ratés techniques. C'est pourquoi on oubliera rapidement tant les résistances initiales que les mérites du cheminement technique qui l'a permise.

Un autre chantier s'ouvre, celui du marché à terme des instruments financiers, le MATIF. Entre 1978 et 1985, le marché obligataire français a connu une véritable métamorphose, avec une forte progression des émissions brutes et de la capitalisation, multipliées par quatre, et des transactions, multipliées par quinze. Il faut le reconnaître, bien que le marché obligataire soit couvert par le monopole de la Compagnie, les agents de change ne se sont jamais vraiment passionnés pour les obligations. Austères et peu attrayantes, de cotation complexe, ces dernières ne font pas rêver comme les actions, considérées comme plus volatiles.

A l'exception de quelques charges qui se sont spécialisées sur les taux d'intérêt, l'investisseur est démuni. Il ne dispose pas de véritables outils de recherche sur l'évolution des taux, ni d'études approfondies sur le comportement des banques centrales, d'analyses sur les besoins des investisseurs, il n'est pas en mesure d'anticiper sur la tenue des marchés obligataires. En revanche, les banques qui les placent, les OPCVM monétaires qui les recherchent, les trésoriers d'entreprise qui les comparent aux obligations internationales les suivent. Tous interviennent massivement sur ces marchés.

Un déclic est nécessaire pour que la Compagnie réagisse. Certaines propositions de la commission Dautresme retiennent l'attention. Elles suggèrent l'installation à Paris d'un vrai marché d'instruments de taux, à l'image de ce qui existe aux Etats-Unis depuis 1975 à Chicago, le Chicago Board of Trade (CBOT) et, depuis 1982, à Londres, le London International Financial Futures Exchange (LIFFE). La Chambre syndicale a compris qu'elle devait mobiliser les énergies. Elle étudie, à partir de 1984, l'organisation à Paris d'un marché à terme sur les obligations. Parallèlement, Pierre Bérégovoy reprend à son compte les conclusions du rapport Dautresme et demande à la Compagnie de les appliquer.

Forte de l'invite expresse du ministre de l'Economie et des Finances, convaincue de la solidité de son monopole sur les transactions, cette dernière initie un processus qui doit permettre l'ouverture française d'un marché à terme d'obligations avant la fin de l'année 1985.

Première étape, nous signons en janvier 1985 un contrat avec la société ICCH (pour International Commodities Clearing House) France. Cette société anglaise a conçu et installé le LIFFE de Londres, puis son équivalent sud-africain. Elle dispose de bonnes équipes de techniciens et n'a pratiquement pas de concurrents. Nous lui commandons les matériels nécessaires et débutons les travaux d'installations et d'aménagement du palais de la Bourse. Un groupe de travail interne, chargé de définir le cahier des charges, est constitué. Nous mettons au point les textes réglementaires relatifs à ce nouveau marché, préparons les programmes de formation qui, le moment venu, permettront de former ses opérateurs, commençons à rédiger les documents d'information destinés au public... Bref, nous avançons rapidement, aidés par l'expérience efficace d'ICCH.

Je suis cependant préoccupé. L'installation d'un marché à terme d'obligations suppose que des réponses soient apportées à des questions dont l'appréciation ne relève pas seulement de la compétence de la Chambre syndicale... mais de notre tutelle, la direction du Trésor. Une question de fond se pose d'emblée : comment aménager la coexistence des banques et des agents de change au sein d'un marché à terme ? Solidement arrimés aux textes réglementaires existants, nous sommes optimistes. Les agents de change négocient les contrats sur obligations. Le « sous-jacent », c'est-à-dire l'obligation, est une valeur mobilière, donc les contrats sont elles-mêmes des valeurs mobilières. Les dispositions de la vieille loi du 28 mars 1885 sur les marchés à terme sont donc applicables. Notre règlement général répond à la réglementation de ce marché, notamment quant à son statut et celui de ses négociateurs.

Début 1985, Daniel Lebègue, directeur du Trésor, nous encourage à poursuivre notre chantier. Lors d'un entretien tenu au mois de février, il me déclare sans ambages : « Ce nouveau marché est prioritaire et la manière d'y parvenir, c'est d'engager le processus comme vous, les agents de change, l'avez entamé. »

Les raisons de l'urgence sont bien connues. Les gestionnaires de tout bord aspirent à disposer de moyens de couverture. Le développement des réméré s, des contrats qui permettent à un vendeur de titres de conserver la possibilité d'annuler la vente sous conditions, va dans ce sens. Point important, le Trésor ne souhaite pas que des initiatives concurrentes soient prises dans le même temps par les agents de change et les banques, conduisant à des investissements coûteux et qui feraient double emploi. Une même démarche rationnelle doit unifier les divers points de vue, comme le souligne Daniel Lebègue : « En dépit de l'avance que vous avez prise, notamment dans la mise au point du contrat notionnel, dont je vous attribue volontiers la paternité, vous n'êtes pas, vous les agents de change, en charge de l'épargne. La protection de l'épargne, c'est le problème du Trésor. Je pense que la Bourse des valeurs doit être le siège de ce marché. »

L'assise réglementaire de la Chambre syndicale assurera une protection raisonnable et donnera la capacité d'agir sur un marché risqué. Le marché sera unifié sous la forme d'une Bourse des valeurs. Bien entendu, cette logique ne peut être acceptée par la Place que si les agents de change sont ouverts à tous, prêts à accepter la concurrence et l'égalité de chacun dans la compétition. Nous concluons l'entretien en promettant à notre interlocuteur que notre premier chantier consistera à mettre en place un marché à terme sur obligations longues. En revanche, nous rechercherons une concertation avec les banques pour les contrats courts. Le directeur du Trésor a le dernier mot : « Dans ces conditions, je suis prêt à vous donner acte que, dans un premier temps, vous serez les seuls intermédiaires. Qu'il y ait accord de Place ou non, il faut avancer avec les risques d'un marché à terme sur obligations en Bourse de Paris et d'un marché de contrats courts ailleurs. Je vous donne un mois pour trouver un consensus... »

Je reviens vers la Chambre syndicale pour lui rendre compte de cet entretien. Nos propos sont entendus et acceptés. La Chambre confirme sa volonté de poursuivre la construction d'un marché à terme sur obligations longues. Elle est favorable au principe d'un marché de *futures** à Paris ouvert à tous, fût-ce via une période transitoire où serait mis en place un contrat long. Cela constituerait la contrepartie des investissements qu'elle a déjà engagés et la juste récompense de nos efforts et de notre antériorité. La Chambre syndicale donne son accord de principe, tout en demandant au Trésor des garanties plus importantes ou, pour le moins, un consensus sur les étapes ultérieures. Un groupe de pilotage est constitué, la mise en œuvre des infrastructures, en l'occurrence la création d'une chambre de compensation, est poursuivie.

Dans le mois qui suit, je participe à une négociation générale parrainée par la COB et le Trésor, afin de dégager un consensus général de Place. Un « Projet d'organisation d'un marché à terme d'instruments financiers sur la Place de Paris » est mis au point et publié le 5 mars 1985. En avance sur mes troupes, je donne mon accord à son contenu.

Le projet procède d'une conception novatrice, porteuse d'une vision globale du marché à construire. Celuici devra être totalement autonome par rapport au marché des obligations et rassembler tous les contrats, qu'ils soient longs ou courts. Le marché à terme d'instruments financiers ne sera plus un sous-ensemble de la Bourse de Paris. Le monopole de négociation des agents de change sera limité dans le temps. Dans une seconde étape, les banquiers français ou étrangers pourront devenir des membres et négociateurs. En contrepartie, les agents de change se voient ouvrir la possibilité de négocier tous les types de contrats courts. Le nouveau marché sera assis sur deux piliers : un conseil du marché à terme, organe en charge de la réglementation du marché, et une chambre de compensation, organisme autonome qui enregistrera l'adhésion des membres et assurera une séparation des cours et des recettes du marché avant répartition entre les membres.

Malgré les qualités du projet, son passage devant la Chambre syndicale se déroule mal. Les réactions de la commission technique que nous avons créée pour ce nouveau marché sont très négatives. Son animateur, mon homonyme Gilles Dupont, s'insurge contre le projet et propose une vision critique de la réforme en cours. Il se réjouit certes que ce projet de MATIF soit né des initiatives de la Chambre syndicale. Mais il refuse que, dans l'accord du 5 mars, les agents de change perdent le monopole des négociations. A ses yeux, les banquiers n'ont rien apporté au projet et cherchent seulement à retarder les échéances. Gilles Dupont critique enfin la direction du Trésor qui tient, selon lui, plusieurs discours. L'un fait de la Chambre syndicale le socle du marché, à cause justement des risques et difficultés du projet. L'autre, qui trouve son écho dans l'accord du 5 mars, cantonne la Compagnie dans un rôle purement logistique. Au total, les deux organes et la profession sont perdants : la Chambre syndicale perd la direction de la chambre de compensation, le syndic ne saurait envisager la présidence du conseil du marché à terme.

J'interviens aussitôt pour défendre la conception

générale du projet, en rappelant que la direction du Trésor poursuit un seul but : mettre en place un marché homogène non cloisonné portant sur des instruments financiers diversifiés, au sein duquel les agents de change ne seront pas les seuls intervenants. Philippe Cosserat me relaye en soulignant le risque de voir naître et se développer un marché hors de la Compagnie, dans lequel nous n'aurions aucun rôle à jouer. Pour appuyer sa démonstration, il évoque la Bourse du commerce, qui aurait pu être choisie comme structure d'accueil du projet. Les protestations fusent. Un tour de table a lieu. Il indique un scepticisme général, quoique diffus.

C'est à moi de conclure. Je rappelle d'abord aux membres de la Chambre que nous ne sommes pas seuls. Le projet doit être soumis au plus vite à l'ensemble des confrères. Tout a changé, les modes de fonctionnement traditionnels sont devenus obsolètes. Il nous faut accompagner l'évolution des structures financières de la Place pour ne pas la subir. Les pouvoirs publics veulent décloisonner l'ensemble des marchés en place : le marché monétaire, le marché financier et le marché hypothécaire, et souhaitent instaurer une meilleure circulation entre chacun d'entre eux, en multipliant les produits. Certes, un marché élargi à l'ensemble des instruments financiers, courts et longs, nous fait déchoir de notre monopole. Mais à nous de tirer parti d'un point clé : le fait que le Trésor ait choisi d'installer ce marché à la Bourse des valeurs. Rien ne saurait être pire que les banquiers créant leur marché d'un côté et la Compagnie de l'autre le sien. Je souligne, pour terminer, l'absence d'alternative. Il faut participer à un projet de Place qui verra tôt ou tard le jour. Avec ou sans nous. Voire même contre nous. Mieux vaut monter dans un train en marche – même si le compartiment qui sera le nôtre est en deçà de notre rang et de nos ambitions – que de rester sur le quai... Soyons pragmatiques plutôt que de camper sur une ligne dure et intransigeante, qui pourrait tourner à notre désavantage.

De toute façon, nous n'avons pas le choix. Au cabinet du ministre comme à la direction du Trésor, pressions et arguments pour faire avancer les choses se succèdent. Dans les premiers jours du mois de mars 1985, je reçois une lettre comminatoire de la part de Pierre Bérégovoy.

Malgré l'étendue des réformes accomplies depuis trois années, de la dématérialisation des titres au marché à règlement mensuel, en passant par le Second marché, et la progression spectaculaire des performances de la Bourse, la politique de la Compagnie reste, aux yeux de ses interlocuteurs, opportuniste et sans cohérence globale. Nous agissons, mais sous la pression du Trésor et des banques. En bref, nous manquons de stratégie ou de « vision », comme disent les Anglo-Saxons. En définir une devient impératif si nous voulons reprendre l'initiative.

En accord avec Philippe Cosserat, je consulte à nouveau le cabinet McKinsey pour dégager avec lui une vue prospective, incluant un schéma de transformation de la Bourse de Paris, de façon à maîtriser le flux des réformes qui s'accélèrent. McKinsey dresse un état des lieux réaliste et sévère. En comparaison avec les Places de Londres, Tokyo, New York, l'effort consacré par celle de Paris à la préparation et à l'élaboration des dossiers de réformes apparaît dérisoire.

Les commissions qui se sont succédé depuis quinze ans, toutes dirigées par des hommes de qualité, Baumgartner, Pérouse, Dautresme et Tricot (le rapport de ce dernier, daté d'avril 1985, porte sur le coût de l'intermédiation financière, notamment sur les valeurs à revenu fixe, et son partage entre les agents de change et les banques), proposent toutes des recommandations indispensables. Mais elles souffrent d'une absence de fil conducteur. Les missions sur les nouveaux instruments financiers ou sur les réformes de fonctionnement de la Bourse se sont succédé, mais sans véritable plan d'ensemble.

C'est mon sentiment. Cette approche partielle, sans ordre de priorités établi, conduit Paris à une position de « première Bourse de province d'Europe » plutôt que de Place internationale. Paris souffre de volumes globaux limités, d'une gamme de produits plus réduite que ceux de nos confrères, d'une panoplie de métiers moins riche, d'une masse critique trop faible, de savoir-faire insuffisants. Des exemples ? Une bonne charge française compte soixante à soixante-dix personnes contre cinq cents ou six cents chez son homologue britannique. Rares sont celles qui ont engagé des analystes financiers. Même si elles ont créé des filiales spécialisées, les banques françaises ne sont pas de taille face aux grands établissements anglo-saxons. Nous ne disposons que d'un petit nombre de professionnels boursiers de compétence internationale, ce qui réduit notre ouverture mondiale.

Aux pressions hexagonales s'ajoute la véritable révolution qui saisit le monde financier international. Les Anglais ont engagé une concertation large et animée. Dès le mois d'avril 1984, le London Stock Exchange (LSE*) publie un *discussion paper* portant sur les structures du marché pour les actions. Au mois d'août de la même années, le LSE édite un Livre blanc sur le choix d'un système de négociation pour les emprunts publics. Fin 1985, après d'âpres débats, les membres du Stock, consultés lors d'un vote, donnent leur accord pour la mise en place d'une transformation radicale du marché. Celle-ci s'articule autour de trois composantes : la réorganisation du London Stock Exchange, la restructuration des opérateurs financiers de la City et la refonte du cadre juridique et institutionnel de la quasi-totalité des activités financières. C'est ce que l'on appellera très vite le *Big Bang*.

Le 27 octobre 1986, le London Stock Exchange abandonne le *single capacity*. Ce système traditionnel, qui répartit strictement les rôles entre les *brokers* « agents de change » et les *jobbers* « contrepartistes », assorti d'un régime de courtages fixes, disparaît au profit d'un système permettant d'intégrer à l'intérieur d'une même firme des métiers jusqu'ici séparés : c'est la *dual capacity*, assortie de commissions négociables. Cette modification des principes de fonctionnement s'accompagne de la création d'un compartiment dédié aux actions internationales et de l'installation d'un système informatisé de collecte d'information, dit SEAQ. Celui-ci doit permettre d'afficher sur des écrans délocalisés les limites extrêmes, à l'achat ou à la vente. Les données sont ensuite diffusées par un système Videotex auprès de la clientèle.

Lors d'une visite du London Stock Exchange, je me souviens de la présentation que nous font deux frères de leurs firmes respectives. Tous deux représentent les deux métiers de l'intermédiation boursière anglaise, les *jobbers* et les *brokers*. En les regardant, l'un gras et rose, l'autre maigre et plutôt pâlot, je pense au célèbre duo Laurel et Hardy. Les *jobbers* exercent un métier difficile en assurant la liquidité du marché, notamment aux *brokers*, et se rémunèrent sur les écarts de cours. Il faut croire que toute peine mérite son salaire ou plutôt des *spreads* confortables, car mon *broker* me fait remarquer la mine joviale et la silhouette bedonnante de son frère. En un mot, tout allait bien pour lui et c'était normal, puisqu'il était *jobber* !

Nous sommes impressionnés par le principe de la liberté rendue aux courtages et plus encore par la décision du Stock Exchange britannique de renoncer au principe d'indépendance des firmes par rapport aux groupes financiers, et à la possibilité qui est donnée à ces derniers d'entrer progressivement dans leur capital à hauteur de 29,9 % d'abord, puis de 51 à 100 % à partir de mars 1986. Déjà beaucoup plus importantes que les nôtres, les firmes anglaises vont s'associer aux banques et devenir pour nous de redoutables adversaires.

Les réunions successives du Comité européen des bourses de valeurs (CEBV) me donnent l'occasion de mieux connaître mes homologues des Bourses voisines. Créé en 1961 par le président de la Bourse de Bruxelles, le chevalier Reyers, ce comité, rejoint rapidement par Yves Flornoy, a toutes les apparences d'un club à l'anglaise. L'establishment boursier européen aime à s'y rencontrer et y échanger des informations sur les expériences initiées localement par les uns et les autres. Voilà un comité qui n'a rien de technocratique ! On y fume le cigare, on aime les invitations bien présentées et on soigne les *Ladies Program.* Nos épouses ont en effet droit à maints égards. Elles peuvent courir musées, expositions ou magasins, et ce pendant que leurs conjoints travaillent. Pour enrayer la monotonie des deux réunions annuelles, nous nous recevons successivement dans chacune des Bourses de la Communauté européenne. C'est chaque fois l'occasion de mettre les petits plats dans les grands.

Un jeu que les Anglais dominent de la tête et des épaules. Il faut dire que les volumes traités sur le London Stock Exchange représentent quatre fois ceux de la Bourse de Paris pour des effectifs également quatre fois supérieurs (vingt-cinq mille personnes à Londres contre six mille à Paris). Ceci explique sans doute cela... En outre, de tradition, de culture et de langue, la Bourse de Londres est ouverte naturellement sur le monde.

Depuis des siècles, les *brokers* anglais traitent les actions de mines d'or et des sociétés du Commonwealth avec succès. Négociant à Londres les titres des grandes firmes européennes, les professionnels britanniques cherchent à développer de nouveaux business. Ils courent la planète. Leur mobilité me fascine. A l'intérieur des sociétés de *brokerage* londoniennes, on s'équipe pour négocier les titres, quel que soit le pays concerné. Les plus internationaux d'entre nous traitent avec eux. Dans une entreprise comme Hoare Govett, le *desk* européen emploie sans complexes des professionnels de nationalités différentes. Tant il est vrai qu'un Allemand installé à Londres travaillera plus facilement avec ses compatriotes de Francfort qu'un Anglais parlant allemand.

Face à cette tranquille supériorité et des ambitions de plus en plus affichées, les représentants des Bourses continentales ne peuvent que se « tordre le nez ». Les Allemands sont empêtrés dans leur réseau de Bourses régionales. Francfort, Berlin, Hambourg, Munich, Düsseldorf sont toutes jalouses de leurs prérogatives. Les négociations effectuées à Francfort sont trois fois plus importantes que celles de Düsseldorf, mais la rivalité est forte entre les Bourses de Francfort et de Düsseldorf. Banquiers de formation plutôt qu'hommes de marché, les professionnels germaniques apparaissent prudents et conservateurs, peu pressés et très réservés face aux transformations des autres Places. Au contraire, parmi les Bourses continentales, les Néerlandais s'activent, aiguillonnés par le développement des transactions à Londres sur les grandes compagnies néerlandaises : Royal Dutch Shell, Philips, Unilever, Akzo.

Je rencontre fréquemment Sir Nicolas Goodison, le président du London Stock Exchange. Cet archétype de l'Anglais tel que l'a si bien décrit Pierre Daninos a de la classe et un humour corrosif. Sa connaissance des pendules à travers le monde a fait de lui un spécialiste mondial. Mais ce n'est pas son unique compétence. C'est un stratège qui ne manque pas de clairvoyance. Quand je l'interroge sur le processus en cours à Londres, je perçois sa volonté d'aller vite : « *What about your antique market*[1] ? » me décoche-t-il un jour, avec une pointe d'ironie dénuée de toute pitié.

Après cette flèche assassine, que n'aurait pas reniée Robin Hood, Nicolas me prend par le bras et me donne son sentiment, dans la langue de Shakespeare ou celle de Molière, je ne sais plus : « Xavier, la Compagnie des agents de change ne tiendra pas dans son statut actuel. Son organisation non plus. Ne perdez pas de temps, bougez ! »

Les agents de change français ont-ils pris conscience des bouleversements en cours ? Je demande aux adjoints de la Compagnie de prendre le pouls de leurs confrères. Tous partagent des préoccupations communes. Le monopole sur le marché des obligations s'effiloche. Des transactions échappent au marché et s'effectuent hors agents de change. La création prochaine, en 1987, des spécialistes en valeurs du Trésor, associant d'autres professionnels que les agents de change, va accentuer la déréglementation* de ce marché. Cette dérégulation semble irréversible et va peut-être s'étendre aux actions.

La perception des changements est plus forte dans les charges importantes, notamment celles qui sont actives sur le marché des actions. Pour autant, les confrères divergent sur l'avenir de la profession. Une majorité d'entre eux souhaitent rester des intervenants intermédiaires. La plupart imaginent que la taille des marchés, la création de nouveaux produits, l'ouverture internationale permettront à chacun de se spécialiser sur un cer-

1. Un ami britannique m'a récemment confié que l'expression était d'un anglais discutable et valait surtout pour un marché d'antiquités... En somme : « Que deviennent vos antiquités ? » Le sens est le même !

tain nombre de créneaux rentables, en évitant une concurrence acharnée. Quelques-uns, minoritaires, se demandent si les banques et les agents de change, dans leur antagonisme traditionnel, ne se trompent pas de cible. La sagesse ne serait-elle pas de mieux s'unir face à la Bourse de Londres ?

Pendant que nous évoluons à pas mesurés, les Anglais font la révolution avec le *Big Bang*. Le changement n'a pas lieu au même pas. Après celui des obligations, le marché des actions va peut-être changer de nature. De part et d'autre du Channel, l'écart risque de se creuser. Les trente valeurs françaises qui occupent la part prépondérante des transactions font l'objet à Londres d'échanges de plus en nombreux entre les mains des *market makers*. Les privatisations annoncées par le retour aux affaires de la droite risquent de précipiter cette évolution à notre détriment.

La Compagnie doit hardiment tracer sa route. Et sans délais. Nous devons rapidement nous interroger sur sa structure et les fonds propres des charges, sur les investissements et les moyens humains à mettre en place pour la modernisation, sur le fonctionnement de la Place de Paris par rapport à ses concurrents étrangers, sur le maintien du monopole et du statut, quoique ces deux sujets puissent être disjoints. Dans un monde qui change, nous détenons plusieurs atouts essentiels. Notre statut nous donne la responsabilité de l'organisation et du fonctionnement du marché. Nous parlons d'une seule voix là où nos compétiteurs français peinent à s'entendre. A nous de faire prévaloir notre leadership en prenant l'initiative sur les réformes, en intervenant directement sur les marchés, en nous appuyant sur nos autorités de tutelle qui veulent presser le pas, en prenant nos distances à l'égard de la COB qui entend dire son mot sur tout et tout le temps. Sinon, il sera bientôt trop tard.

7

170 ans en 170 jours

Changer, mais comment ? La mise en place du marché continu, l'amélioration du fonctionnement du marché qu'elle a permise, la création de nouveaux instruments financiers avec l'ouverture du MATIF ont bouleversé nos habitudes en quatre ans à peine, de 1984 à 1988. Désormais, la question des structures est à l'ordre du jour. Depuis longtemps, une réflexion s'est engagée à l'intérieur de la Compagnie. J'en veux pour preuve l'initiative prise en 1978 par Yves Flornoy, à savoir la diffusion d'un double questionnaire au sein de la Chambre syndicale, le premier concernant le monopole de la Compagnie, le second son mode d'organisation.

Cette année-là, la Compagnie sort à peine de l'année noire 1977. Les questions de fond sont d'actualité et expliquent l'idée d'une série de grandes interrogations :

1. Le monopole tel qu'il nous est dévolu interdit-il réellement l'existence de marchés concurrents ?

Réponse : non.

2. Le recrutement des agents de change, tel qu'il est pratiqué, s'il assure l'indépendance de la Compagnie, n'est-il pas trop fermé ?

Réponse : oui.

3. Lors des précédentes crises, il n'y avait pas eu de réduction du nombre des charges. Pensez-vous que l'on

envisagerait d'en créer de nouvelles si les affaires se développaient fortement ?

Réponse : non.

4. L'indépendance, l'impartialité et l'honnêteté de l'agent de change sont garanties à la clientèle par les règles du monopole. La clientèle, pour autant, se dirige-t-elle indivisément et uniformément vers n'importe quelle charge ? La concurrence plus directe de l'appareil bancaire, dans l'hypothèse où nous n'aurions plus le monopole, ne renforcerait-elle pas la préférence du public pour le « spécialiste » ?

Réponse : oui.

5. L'accès des banques à la négociation entraînerait-il nécessairement l'absorption des charges par elles ?

Réponse : oui.

6. Est-il réaliste d'imaginer qu'une même charge, même si elle est divisée en deux entités distinctes, pourrait être solidairement responsable pour son activité « négociation » et rigoureusement indépendante pour son activité « hors monopole » ?

Réponse : non.

Les membres de la Chambre syndicale ont donné des réponses diverses, en fonction des tempéraments et de la situation de leur propre maison, ce qui ne facilite pas la synthèse. La Compagnie est favorable à l'ouverture du recrutement des agents de change. En effet, si le métier donne encore à l'extérieur l'image d'une rente de situation sans risque, les résultats des charges dans les années antérieures ont montré leur fragilité. Parallèlement, l'activité traditionnelle de négociation est devenue, au fil des années, un élément parmi d'autres au sein d'une activité plus diversifiée, représentée notamment par la gestion de portefeuille de clients privés et d'institutionnels. L'expérience récente des fusions d'offices animés par des associations d'agents de change constitue déjà une réponse et un encouragement à aller plus loin.

A supposer que le monopole de négociation disparaisse, le métier très spécialisé de gestionnaire de portefeuille offrant à la clientèle privée des services bien définis, associés à l'image d'indépendance et d'impartialité, pourrait assurer le relais. Nous connaissons, grâce aux confidences de nos clients égrenées dans le secret de nos cabinets, les faiblesses des grands réseaux bancaires dans le service à la clientèle privée. Les banquiers se montrent pourtant virulents lorsque les agents de change viennent s'attaquer directement à leurs clients. « Ou vous exécutez nos ordres et votre monopole vous y contraint, ou vous prenez nos clients, mais pas les deux », préviennent-ils. Derrière ces déclarations plutôt agressives, se profile la revendication des banques d'accéder à la négociation.

Chacun d'entre nous pense, au fond de lui-même, que l'ouverture de la négociation aux banques débouchera sur l'élimination des charges. Nul n'y résistera. Nous commençons ainsi à percevoir la difficulté de faire cohabiter les activités de monopole et celles qui n'en relèvent pas. Il n'est pas raisonnable d'imaginer qu'une même charge puisse être solidairement responsable pour son activité de négociation au titre du monopole et indépendante pour les autres activités. En 1978, il n'est pas question d'abandonner le monopole. Il a trop de côtés positifs, conclut la Chambre syndicale. La solution réside dans une meilleure exploitation « à la carte » des activités hors monopole, en dehors des règles de responsabilités, qui ne concernent alors plus que les activités de négociation. Au fond, le credo de « l'agent de change de toujours », teinté du bon sens d'une expérience plus que séculaire, garde toute sa valeur dans les esprits des confrères.

Un second questionnaire indique que les confrères ne

croient pas à la pérennité du statu quo et sont d'accord pour la mise en œuvre contrôlée d'une concentration du nombre des charges. Cette confiance dans l'avenir s'explique notamment par le fait que les membres de la Chambre syndicale dirigent alors des charges importantes. Certaines d'entre elles, Alain Ferri, Yves Flornoy, Paul Rondeleux, successeur lointain de Jacob, Jean-Denis Massonaud, Jacques Cheuvreux, figurent en tête du classement. C'est pourquoi la Chambre préconise alors de sauver un certain nombre de charges de petite dimension, soit en les restructurant par fusion entre elles, soit par la mise en place d'aides diverses financières et techniques. Il faut porter l'effort sur les charges les plus dynamiques que l'on évalue à une bonne vingtaine. Des esprits pointilleux retiennent le chiffre arbitraire de 25 qui remplacerait les 45 existantes, un peu à la façon du système des poules de rugby à plusieurs étages.

Cette série de réflexions sans risque fait long feu avec la victoire de la gauche en 1981. Au mois de décembre 1982, Yves Flornoy me confie l'animation d'une commission interne à la Compagnie sur le thème de l'ouverture de la profession. Nous faisons un tour d'horizon de ce qui existe à l'étranger. Le modèle anglo-saxon du *partnership* séduit par sa souplesse mais se heurte aux aspirations typiquement françaises d'une règle écrite. Notre réflexion se porte sur les rémunérations, largement fondées sur un pourcentage calculé sur le chiffre d'affaires et laissé au bon vouloir de l'agent de change titulaire. Nous insistons sur un point : devenir agent de change, c'est en assumer les responsabilités et c'est participer à la solidarité des nouveaux arrivants.

Cette ouverture peut-elle intéresser les fondés de pouvoir ? Ceux-ci composent une troupe au sein de laquelle cohabitent des personnalités aux préoccupations très différentes. Une bonne partie d'entre eux se préparent à succéder à leurs titulaires. Ils ont passé avec succès l'examen d'agent de change, sont inscrits sur la liste d'aptitude, attendent leur tour dans les charges et espèrent secrètement présenter leur candidature à la tête d'une charge tombée en déshérence suite à un problème de succession.

Très différents apparaissent ceux que j'appellerais les grands fondés de pouvoir à vocation commerciale, fort peu soucieux de partager les risques de leur patron et encore moins les contraintes du statut. Ce sont des hommes d'affaires, réputés pour leur habileté manœuvrière sur les marchés, leur capacité à générer des grands coups en relations avec les banques. Ils s'appellent Jean Simon, Jean Mahé, le baron Reille, Jacques de Falandre, Jean-Jacques Carance, Jean-Claude Labarraque, Paul Morel, Etienne Rapp, Jacques Requichot, Maurice Victor pour ne citer que les plus en vue. Ils soutiennent l'ouverture de la profession dès qu'elle recèle quelques avantages. Sinon, ils n'y voient que la menace de la disparition du monopole. Edouard Mattei, leur président, navigue au plus près, avec l'expérience d'un vieux skipper, charmant les autorités par son humour et bravant ses pairs avec intelligence et finesse.

Quand, en avril 1986, la droite revient aux affaires, le paysage financier mondial est en ébullition. L'internationalisation des marchés, l'accroissement spectaculaire des volumes de négociations au cours des cinq dernières années, la montée en flèche de la concurrence internationale conduisent les différentes Bourses européennes à transformer progressivement leurs structures. Elles suivent toutes l'exemple de la première d'entre elles, la Bourse de Londres qui a lancé le *Big Bang* en octobre 1986, avec le passage à la *dual capacity*, l'ouverture par les *jobbers* et *brokers* de leur capital aux banques et aux institutions financières, enfin l'abandon des commissions fixes au profit de la liberté de fixation des courtages.

Aiguillonnés par nos autorités de tutelle, encore plus libérales que leurs prédécesseurs socialistes (et ce n'est pas un euphémisme !), nous engageons, sous la lumière du projecteur londonien, la troisième étape de notre réflexion. Elle va transformer de façon radicale le statut d'agent de change. J'ai la conviction que la population de nos charges, en dépit de concentrations successives, reste dans l'ensemble de dimension modeste. Elle aura, de ce fait, bien du mal à accompagner les grandes privatisations qu'annonce le ministre de l'Economie, des Finances et de la Privatisation du gouvernement de Jacques Chirac, Edouard Balladur.

La déréglementation a pour synonyme la concurrence. L'activité de contrepartie a démarré au début de l'année 1986 et peut être exercée par tous les agents financiers. Or, elle consomme d'importants capitaux. Pour aller sur le MATIF, dont l'ouverture est imminente, de lourds investissements sont nécessaires : achat d'un siège, constitution d'équipes spécialisées. Là encore, il faut des fonds propres substantiels. Avec des capitaux propres moyens de 15 à 20 millions de francs, 40 pour les plus grosses, les charges ne font pas non plus le poids par rapport aux banques de trésorerie que les grandes banques de la Place s'apprêtent à créer. Pour faire bonne mesure, celles-ci seront dotées d'emblée d'un capital de 100 millions de francs.

Quelques confrères prennent des initiatives. Certaines en restent aux simples vœux, comme la création de filiales pour les activités de contrepartie. En décembre 1982, les charges Ferri-Ferri-Germe, Tuffier-Ravier, Auboyneau-Labouret-Ollivier et Schelcher-Dumont prennent une participation dans le capital du *broker* américain Moseley-Hallgarten par le biais d'une filiale commune, Interfinances SA. Une autre bouscule la sacro-sainte règle qui veut que ne soient agréées par la Chambre syndicale que des personnes physiques sans liens avec d'autres métiers de la finance. La charge Tuffier-Ravier obtient l'agrément de la Chambre syndicale. Elle recherche un actionnaire personne morale, un groupe industriel, à choisir entre BSN et Moët Hennessy, sous la réserve d'une souscription d'actions à dividende prioritaire sans droit de vote. Certains évoquent même la cotation des charges en Bourse. En bref, la banquise du monopole se fendille.

Pourtant, la majorité des agents de change ne sont pas favorables à une ouverture de leur capital. Je m'en fais l'écho en déclarant à un journal financier : « Nous sommes hostiles aujourd'hui à l'entrée de personnes morales dans le capital des charges. Mais le développement du marché nous y incite. Aussi, nous privilégions toutes les voies qui nous permettraient de nous développer sans céder notre indépendance. »

Faute de la surface financière nécessaire, nous risquons ainsi de laisser la place aux grandes firmes anglo-saxonnes sur le marchés des sociétés françaises nationalisées ou non en 1982 qui vont rejoindre le secteur privé. Nous voici au pied du mur.

C'est alors qu'Edouard Balladur demande à me rencontrer. Daniel Lebègue et Philippe Jaffré me préviennent à la veille de l'entrevue du 3 octobre 1986. Édouard Balladur peut donner le sentiment de la distance et de la réserve face à son interlocuteur, mais il ne faut pas s'arrêter à cette impression première.

Je trouve le contact avec le ministre d'Etat facile et j'apprécie la manière cérémonieuse qui est la sienne de m'accueillir avec son « Bonjour, monsieur le syndic » un peu appuyé qui, d'entrée de jeu, nous cale chacun dans nos responsabilités. Son analyse de la situation, ses ambitions en matière de privatisations, sa vision d'une économie redevenue vraiment libérale sont évidentes et il attend beaucoup de nous. Le langage gaullien qu'il me tient en me raccompagnant à la porte de son grand bureau du Louvre est une invitation à voir l'avenir en grand, avec le ferme appui de la tutelle.

A nous de prendre la balle au bond, d'établir des propositions concrètes, de les négocier avec le Trésor et, surtout, de les soumettre à la Compagnie. Comment va-t-elle réagir aux orientations plus risquées que nous allons élaborer ? Pour éviter les écueils qui nous attendent, nous constituons un brain-trust très restreint, capable de définir une stratégie dans la discrétion la plus totale. Je rassemble autour de moi Yves Flornoy, mon prédécesseur, Alain Ferri, le premier adjoint, Régis Rousselle, membre de la Chambre syndicale, et Philippe Cosserat. Je propose que nous nous réunissions tous les vendredis après-midi dans l'immeuble de la Compagnie, rue Notre-Dame-des-Victoires, là où se trouvent les salons privés du syndic. Nous y serons tranquilles. Le climat d'amitié qui règne entre nous cinq facilite les échanges et la liberté des propos.

Yves Flornoy suit avec inquiétude l'évolution des événements. Personnage clé de la Place, il conserve son réseau de relations et son autorité morale dans la Compagnie demeure intacte. Homme d'influence, il peut peser sur les choix des confrères. Ses interventions dans les médias, ses articles dans la presse financière font toujours mouche. Alain Ferri exerce les fonctions de premier adjoint auprès de moi. De quelques années mon cadet, il a été mon challenger malheureux dans la course à la présidence et il en a conçu à coup sûr quelque déception. La Compagnie apprécie ses connaissances techniques et le tient pour un fin politique. Son implication personnelle dans la construction d'une Bourse moderne lui a attiré beaucoup d'amitiés. Nous avons l'habitude de travailler ensemble, mais nos échanges ne débordent pas le cadre professionnel et manquent de chaleur.

La carrière de Régis Rousselle ne relève pas du cursus traditionnel de l'agent de change. Centralien, spécialisé dans l'informatique dès le début de sa carrière, Régis Rousselle a rejoint les services centraux de la Compagnie pour s'occuper plus particulièrement des questions informatiques. Cette discipline au cœur des efforts déployés pour moderniser la Bourse le met en contact avec toutes les charges. Il est remarqué en 1973 par Emile Meeschaert qui lui propose d'intégrer sa charge. Il s'occupera d'obligations avec celui qu'on considère alors comme un génie obligataire, Vidal-Madjar. Quelques années plus tard, en 1981, Régis Rousselle devient associé et cotitulaire de la charge Meeschaert, dont il sera nommé président au moment de son rachat par la Compagnie du Midi. Totalement étranger au sérail et à ses réflexes conditionnés, quoique respectueux des traditions, il apporte un regard neuf et moderne, et dans le même temps teinté de modération, sur les gens et les choses. J'apprécie sa collaboration. Au sein de la Chambre syndicale, sa voix est écoutée. Sa charge se développe rapidement en France et à l'étranger, distançant les charges traditionnelles trop emberlificotées dans leurs états d'âme pour occuper les premières places.

Je connais Philippe Cosserat depuis longtemps, bien avant sa nomination comme secrétaire général. Nous nous sommes rencontrés à l'école des Sciences politiques, plus précisément dans cette maison d'étudiants de la rue de Rennes annexe de Stanislas, où venaient s'installer les provinciaux désireux de poursuivre leurs études à Paris. Philippe débarquait d'Amiens, moi de Lille. Nos pères se sont connus dans leur jeunesse. Issu de la grande bourgeoisie, Philippe Cosserat manifeste très tôt une grande indépendance d'esprit ; il ne déteste pas la lecture de journaux de gauche et ne tient pas la pensée unique comme viatique. Vingt ans après, les aléas de l'existence en font mon secrétaire général. C'est un moderniste. En revanche, ses horaires sont marqués par une incapacité absolue à commencer à travailler tôt le matin. 10 h 30, parfois 11 heures, sonnent lorsque arrive sa voiture. Nous avons déjà commencé la journée sans lui, il l'achèvera sans nous car il veille tard dans la soirée, entouré de quelques fidèles ou hommes de sacrifice qui n'ont d'autre choix que de s'adapter à son rythme de vie et de sommeil.

Sommes-nous gaulois et donc incapables d'émettre un avis unanime ? Deux approches se dégagent. La première, défendue par Yves Flornoy et Alain Ferri, s'appuie sur le poids de l'histoire et des traditions. Forte de son ancienneté, de ses textes, de sa discipline interne, des qualités d'adaptation démontrées par les titulaires à travers les crises successives, la profession a su garder son identité et sa personnalité. Face à la Compagnie, les gouvernements changent et les aléas démocratiques du *stop and go* continueront dans un pays versatile comme le nôtre. Gardons en conséquence notre sang-froid. Dans la phase actuelle où un gouvernement, d'ailleurs de droite, veut faire pression sur nous, recherchons des accommodements, des ajustements, imaginons des corollaires et des adaptations qui pourraient contribuer à l'ouverture de notre statut. Pensons aux éminents principes qui ont fait la réputation de l'agent de change officier ministériel, dont le prestige est encore grand. Forts des relations excellentes que nous entretenons avec la tutelle, nous sommes capables d'aménager des solutions. C'est l'attitude du « Encore une minute, monsieur le bourreau ».

Je ne suis pas partisan d'emprunter cette voie-là, Philippe Cosserat et Régis Rousselle non plus. En tant que représentants, mandataires de la Compagnie des agents de change, nous avons déjà engagé une modernisation d'ampleur de la Place de Paris par étapes : Second marché, MATIF, options*. Le marché continu sur CATS fonctionne en ce début d'année 1987 pour quarante valeurs françaises à partir des ordinateurs de Toronto. En juin 1987, la Bourse de Paris disposera de ses propres équipements informatiques permettant une montée en charge jusqu'à deux cents valeurs. Aucun de mes prédécesseurs n'a fait autant que notre équipe pour la modernisation de la Place. Nous ne sommes pas surpris qu'avec les grandes privatisations envisagées par le gouvernement de Jacques Chirac revienne le fameux débat sur le statut et le monopole. Mais il n'y a pas d'ultimatum ni de couteau sous la gorge. Ni le ministre d'Etat ni le Trésor ne nous demandent *ipso facto* de faire hara-kiri, en supprimant le monopole et en abolissant le statut. A nous d'annoncer la donne.

Lors des réunions de travail, Yves Flornoy me lance, conscient de l'étendue du champ de la marge de négociation et des choix à opérer : « C'est à toi qu'il appartient de prendre les décisions. »

Je sens dans ses propos toute l'appréhension que suscite chez lui la voie que nous allons emprunter. Au fil de ses nombreuses soirées, Philippe Cosserat imagine un montage simple et pertinent :

1. Pendant un délai de quatre ans, soit jusqu'au 1er janvier 1992, banques et institutions financières, qu'elles soient françaises ou étrangères, ne pourront accéder au marché que sous la forme exclusive d'achats d'actions d'une charge existante.

2. L'ouverture du capital des charges interviendra de manière progressive et par étapes : 33,33 %, puis 40 %, puis 51 % du capital.

3. A compter du 1er janvier 1992, la liberté de s'installer sera totale. Les créations de sociétés de Bourse* nécessiteront désormais un agrément délivré par la Chambre syndicale.

J'endosse sans hésiter ce canevas qui propose avec simplicité et élégance la suppression du monopole des agents de change ainsi que de leur statut d'officier ministériel. En bonne stratégie, je pense que plus nos propositions seront audacieuses et modernes, plus elles surprendront nos interlocuteurs, et plus nous obtiendrons d'eux ce que nous souhaitons dans un marchandage bien évidemment amical. Le projet concocté par Philippe obtient l'adhésion. Non sans hésitation, notre petit groupe se rallie à cette voie audacieuse. Il me laisse la responsabilité politique ultime des choix qui seront faits au nom de la Compagnie et ce sans consultation préalable de celle-ci. Le projet repose sur un postulat de départ : en aucun cas, l'Etat ne se prêtera à quelque indemnisation que ce soit en cas de disparition du monopole. Nous nous le tenons pour dit. A nous de concevoir un système qui, tout en ouvrant grand le statut, génère sa propre indemnisation, une sorte d'« auto-indemnisation »

L'idée de fixer une date butoir au 1er janvier 1992 revient à Alain Ferri. Il a l'intuition d'inscrire nos propositions au Trésor dans les grandes étapes de l'achèvement de l'Unité européenne. Nous retenons donc le 1er janvier 1992 comme la date au-delà de laquelle la création de sociétés de Bourse pourra intervenir aux côtés des anciennes. Fin janvier 1987, notre projet est ficelé et remis au Trésor. Il tient en quatre feuillets. *Alea jacta est* : le sort en est jeté. C'est, à terme, la fin du *numerus clausus* et la révolution de notre profession.

Daniel Lebègue accueille avec intérêt notre projet. Lors d'une rencontre, le directeur du Trésor me donne sa vision du dossier. Favorable à une ouverture de la profession, il pense que celle-ci doit être programmée et se réaliser par étapes. Il imagine que les agents de change comprendront que la réforme leur donne quelque chose en plus. S'ils perdent leur qualité d'officiers ministériels, ils vont en revanche élargir leur compétence, bornée jusque-là par plusieurs articles du code de commerce, au-delà du strict métier du négociateur.

Mes interlocuteurs au ministère de l'Economie et des Finances jugent tout de même prudent de créer un comité de pilotage. Il a pour mission d'encadrer l'évolution des événements et de réunir la profession autour d'un discours identique et consensuel. Il est composé de Daniel Lebègue, directeur du Trésor, d'André Lévy-Lang, président du directoire de la Compagnie bancaire et de la très influente commission financière de l'Association française des banques (AFB), et de moi-même. Je garderai en tête la belle formule de ce dernier, qui deviendra le réformateur de Paribas quand il en prendra la tête en 1990 : « Vous avez fait plus en 170 jours qu'en 170 ans. »

De concert avec le Trésor, le Comité s'accorde sur quelques messages et recommandations à faire passer. La Place de Paris n'est pas fermée. Pour autant, nous ne souhaitons pas qu'elle passe sous contrôle étranger. S'agissant de l'admission des candidats, nous appliquerons les mêmes règles aux institutions financières, qu'elles soient à capitaux français ou étrangers. Le dépôt des dossiers s'effectuera à la Chambre syndicale qui détient la décision d'admission.

Reste à mettre en musique le plus important, à savoir la communication et la présentation du projet à la Compagnie. Première étape, je réunis le vendredi 6 mars 1987, après la séance de Bourse, quelques agents de change qui, à un moment ou à un autre de leur vie, ont exercé des fonctions à la Chambre syndicale. J'estime qu'ils ont eu l'expérience de la conduite des affaires à la Compagnie et qu'ils agissent en entrepreneurs. Sont présents Jean-Gualbert Delahaye, héritier d'une longue tradition d'agents de change, fidèle serviteur de la Compagnie pour avoir siégé des années durant à la Chambre syndicale, Pierre Lacarrière, René Bonnet, Claude Bouvet, Jean Saintoin et Paul Rondeleux.

Nous sommes dans la bibliothèque à 15 heures. Mes confrères encaissent, un peu abasourdis, l'économie du programme que nous avons élaboré. Je présente celui-ci le lundi suivant 9 mars à la Compagnie, rassemblée à huis clos. Je lis partout l'inquiétude sur les visages. Chacun s'interroge sur le climat qui sera celui de la réunion plénière devant les propositions qui lui seront soumises.

Devant la Compagnie, je rappelle mon rendez-vous du 3 octobre 1986 avec Edouard Balladur en présence de Daniel Lebègue.

« Je relève trois événements qui me paraissent d'une extrême importance. Premièrement, les échanges de biens et de services au sein de la Communauté européenne seront libres à partir du 1er janvier 1992. Deuxièmement, le gouvernement entend mener un programme de privatisations qui va accroître considérablement la dimension du marché. Enfin, les transformations engagées par la Bourse de Londres et les ambitions qu'elle affiche font courir de vrais risques à notre organisation et nous font douter de notre capacité organisationnelle à y répondre.

C'est en se fondant sur ces éléments que le ministre d'Etat m'a donné mandat, ainsi qu'au directeur du Trésor, de lui faire des propositions propres à répondre à ces préoccupations. Le ministre m'a confirmé qu'il était favorable à une ouverture rapide de la profession. Ce mandat sous-entend que, sans réaction de notre part sur une transformation de nos structures, nous risquons de voir le Trésor prendre lui-même des initiatives.

Dès lors, nous devions réfléchir à notre stratégie, que je résume par trois interrogations :

Aller vite, pourquoi ?

Aller vite, comment ?

Aller vite, vers quel objectif ?

Dans la forme, nous devions prendre en compte deux éléments. Tout d'abord, sachant que le monopole était une concession de l'Etat, c'est uniquement avec l'autorité de tutelle que nous pouvions accepter d'entrer en discussion. Cela signifiait l'exclusion de la COB, des banques et de la Place en général. Il s'agissait donc d'une discussion bilatérale engagée pour déboucher sur un accord qui ne pouvait être que bilatéral. Ensuite une extrême confidentialité était, à l'évidence, nécessaire et c'est la raison pour laquelle nous avons travaillé en groupe restreint. Mais bien sûr, je vous demanderai de me renouveler ou non votre confiance lors de la prochaine assemblée générale. »

Dans la salle, le silence règne. Pourtant, mon discours qui annonce la transformation de la Compagnie ne suscite pas le tollé que j'appréhende secrètement. Un reproche qui sonnerait comme : « Syndic, nous ne t'avons pas mandaté pour mettre un terme à notre Compagnie plus que centenaire ! » Non, aucune interpellation ne surgit parmi mes confrères. Je ressens plutôt, comme s'ils s'y attendaient, une certaine résignation empreinte de réalisme. Les membres de la Compagnie sont dans leur ensemble favorables à une réforme ouvrant le capital de leurs charges. Nous avons vu juste en choisissant la voie la plus hardie.

Une fois la réunion terminée, tous se précipitent au téléphone. Les dirigeants des charges abondent en commentaires dans le microcosme financier parisien. Avec des avis parfois divergents. Mais sans repousser notre plan. Car tous sont impressionnés par les risques croissants qui accompagnent les nouveaux marchés, plus sceptiques sans doute que je ne l'imaginais quant aux chances de survie du monopole. Allons, il faut délibérément quitter cette baie tranquille qui nous abrite depuis deux siècles. Affronter, une fois le cap franchi, la houle du grand large.

8

L'accident

Soulagé, je choisis de parcourir avec des amis les garrigues de la Drôme provençale pendant les quelques jours qui suivent Noël 1986. Je respire et savoure intérieurement les événements des mois précédents. Des pas décisifs ont été franchis. Nous allons pouvoir annoncer, en février 1987, la suppression du monopole des agents de change. Mes confrères vont prendre à bras-le-corps l'ouverture du capital de leurs charges. Certes, cela ne sera pas aisé. Les banques piaffent d'impatience pour accéder au marché. Comment faire de nos adversaires d'hier les partenaires et amis d'aujourd'hui ?

En outre, les Anglais vont débarquer en France. Fidèles à leurs habitudes empreintes d'une certaine gourmandise, ils sont prêts, une fois la négociation achevée, à prendre 100 % du capital des charges. On dit qu'ils veulent tout changer et vite. La pression se fait plus forte. Ailleurs en Europe, dans les Bourses latines, en particulier, nous faisons école. Les Italiens m'invitent à présenter au Sénat italien le modèle français. Les Belges s'interrogent sur la place de leur marché dans la construction européenne. Les Espagnols souhaitent prendre connaissance de nos textes.

Tout au long de l'année 1987, des tractations se nouent entre charges et banques, des accords sont signés, au nombre d'une quinzaine. Le premier, Jean-Gualbert Delahaye saute le pas en cédant sa charge à la Société générale. En juillet 1987, la banque entre dans son capital à hauteur de 100 %. La BNP lui emboîte le pas et prend la majorité de la petite charge du Bouzet. Puis James Capel acquiert 100 % de Dufour-Kolher-Lacarrière, connu aussi sous les initiales DKL. De Cholet-Dupont, mon homonyme, tombe dans l'escarcelle du Crédit lyonnais. Autour de nous, le mouvement de concentration s'accélère. Coup après coup, toutes les grandes banques annoncent leur entrée dans une charge, Paribas chez Courcoux-Bouvet, Warburg chez Bacot-Alain, JP Morgan chez Nivard-Flornoy. Par le biais de Segespar, le Crédit agricole a les moyens de ses ambitions, qui sont grandes. Il rachète la totalité du capital des charges de Bertrand Michel et d'Yves Soulié et prend 15 % du capital d'Edmond Richard à Lyon. En juillet 1987, la Chambre syndicale donne son accord au projet de constitution d'une société holding commune à la société des agents de change Tuffier et à la société Nicol, agent du marché interbancaire.

Début septembre, Emile Meeschaert, le tombeur de Daniel Petit, animateur de l'une des charges les plus puissantes et les plus en vue, annonce à la surprise générale la vente de ses activités d'intermédiation liées au monopole à la Compagnie du Midi de Bernard Pagezy. Emile Meeschaert conserve cependant le fonds de commerce de la clientèle particulière, celle qui lui est attachée depuis des lustres pour ses conseils avisés de gestionnaire de portefeuilles diffusés dans sa lettre mensuelle *Savoir acheter, savoir vendre.* Le prix de la transaction sera connu plus tard. Il approche le milliard de francs. Emile Meeschaert avait déjà commencé sa carrière en sortant des sentiers battus. C'est un visionnaire. Son habileté à négocier la cession d'une activité qui constitue le cœur de notre métier pluricentenaire fera école. Se défaire de la partie la plus fragile, parce que la plus cyclique, et garder la société de services vouée à la clientèle privée se révèle un calcul fort avisé. Une telle entité génère année après année des revenus récurrents permettant une gestion stable et s'éloigne du stress permanent qui accompagne l'intervention quotidienne sur un marché boursier devenu volatile.

Cette opération spectaculaire plonge dans le doute les confrères qui sont restés à l'écart du mouvement. Si la charge la plus dynamique de Paris au cours des années écoulées considère qu'elle n'a pas les moyens de garder son indépendance et s'adosse à une grande institution, quel sera le sort des charges moyennes ou petites ? Celles-ci peuvent-elles encore imaginer raisonnablement de rester superbement indépendantes ? Le niveau des prix proposé par les acquéreurs ne peut laisser indifférent.

La crise d'octobre 1987 n'interrompt pas le processus de rapprochement entre banques et charges. Sans être décisive, elle pèse sans doute sur les prix proposés par les banques : huit à neuf fois les résultats nets des trois derniers exercices avant le krach, quatre à cinq après. En dépit du *trend* général qui pousse les agents de change à céder leurs charges, certains recherchent pourtant les moyens de rester indépendants.

Bernard Oddo et ses deux fils, Pascal et Philippe, souhaitent que la famille conserve la majorité de leur charge et entendent la développer avec des actionnaires extérieurs mais minoritaires. Tous les trois présentent des personnalités fortes. Le parcours professionnel de Bernard, issu d'une vieille famille marseillaise, témoigne d'une intelligence des situations et d'une volonté de réussite remarquables qui lui ont permis, en partant d'une charge parisienne modeste, de construire une véritable entreprise de marché. Accrocheur, batailleur, passionné de fiscalité et de montages financiers, il a réponse à tout. La Corbeille s'en amuse et le surnomme le « savant de Marseille ». Elle applaudit aussi à ses succès. Pascal et Philippe, professionnels reconnus, rebondiront au moment du lancement de la réforme et poursuivront avec vigueur et dans un esprit d'entreprise à toute épreuve l'œuvre initiée par leur père. A la faveur d'accords noués avec des partenaires qui resteront minoritaires, comme les AGF, Philippe Oddo resté seul à la barre construit Oddo & Cie, l'une des plus belles *success story* de la Place actuelle, la seule grande ex-charge à avoir su préserver son indépendance, sous la forme renouvelée d'une société en commandite.

La majorité du capital est dans les mains d'associés-gérants, de vrais memberships à la britannique. Oddo & Cie assoit son développement dans sept grands métiers spécialisés qui recouvrent les interventions sur les marchés en intermédiation et en compte propre, la gestion privée, la Bourse en ligne, l'offre de conseils à la clientèle particulière, le partenariat avec les conseillers en gestion de patrimoine, la gestion institutionnelle et le *corporate finance*. Fin 1999, elle se rapprochera d'une autre entreprise restée indépendante, Pinatton.

Jean-Pierre Pinatton, un jeune agent de change formé aux méthodes américaines après un séjour aux Etats-Unis chez Smith Barney, souhaite également poursuivre seul son chemin. Car la création de la charge familiale remonte à 1784 ! Son premier propriétaire est Joseph Boscary-Villeplaine qui sera sous le Directoire syndic des agents de change de Paris. Jean-Pierre Pinatton possède du tempérament et du dynamisme et choisit de se cantonner dans le strict métier d'intermédiaire. Il déclarera à la presse financière que pour pouvoir exercer la gamme complète des métiers de l'intermédiation, il faut disposer de fonds propres de l'ordre de 100 millions de francs en 1989 et de 200 millions deux ans plus tard.

Sur le MATIF, tout opérateur qui ne traite pas plusieurs centaines de milliers de contrats chaque année perd de l'argent. C'est pourquoi Oddo & Cie et Pinatton vont finalement fusionner pour former Oddo, Pinatton & Cie.

Dans cette année 1987 volatile et mouvante, nous décidons d'entrer dans l'arène. Mon associé Francis Denant et moi-même sommes prêts à céder la majorité de la charge. Mais notre spécialité dominante, la négociation des titres obligataires, n'est pas recherchée par les banques qui privilégient les charges engagées sur le marché des actions. Nous établissons quelques contacts avec d'éventuels acheteurs, notamment avec la banque américaine JP Morgan, qui se révèlent sans suite.

C'est alors que nous rencontrons le Crédit national et ce de façon inattendue. Jacques Lafeuille, un ami proche, me convie à faire un exposé sur la réforme des agents de change à l'Institut français des relations internationales, l'IFRI. J'explique devant une assemblée composée de banquiers et de chefs d'entreprise le sens de notre démarche et les ambitions de la Place de Paris. Nous prenons un verre en fin de réunion. François Lagrange, directeur général du Crédit national, se présente à moi. Nous échangeons des propos convenus. Quelques jours plus tard, à ma grande surprise, je suis invité à déjeuner rue Saint-Dominique, au siège de cette vénérable institution financière.

Je connais le Crédit national par la visite très protocolaire que, en tant que syndic, je rendais à son président chaque début d'année. L'hôtel particulier de la présidence, qui donne sur un superbe jardin à la française, ne manque pas de charme et les salons aux lambris dorés confèrent à l'établissement une allure de grande institution distinguée. Créé en 1919 pour financer la réparation des dommages de guerre, le Crédit national est une société privée cotée en Bourse placée sous le contrôle de l'Etat. Il est dirigé par un président et deux directeurs généraux adjoints, nommés par décret en Conseil des ministres. Les particularités ne manquent pas. Le conseil d'administration comprend dix membres nommés par les actionnaires et quatre censeurs chargés de surveiller l'application des statuts, dont deux nommés par le ministre de l'Economie et des Finances. Toute modification statutaire votée par l'assemblée générale doit être approuvée par décret en Conseil d'Etat. Depuis 1945, le Crédit national accorde des prêts à long terme aux grandes entreprises des secteurs privé et public sur ressources d'épargne et des crédits à moyen terme sur ressources monétaires, toujours à l'attention de la même clientèle de choix. Il a joué ainsi un rôle majeur dans la reconstruction et la modernisation de la France.

Si l'établissement gère encore quelques opérations pour le compte de l'Etat, au milieu des années 1980, il est entré, à l'instar de ses cousins, la Banque française pour le commerce extérieur, le Crédit foncier de France, le CEPME ou le Comptoir des entrepreneurs, dans le cycle de la déréglementation et de la banalisation de ses activités. Il s'ouvre aux opérations de financement de marché. Le Crédit national a déjà développé un pôle de capital-investissement ; il s'intéresse aux opérations de Bourse. La loi bancaire de janvier 1984 l'a classé dans les institutions financières spécialisées, les IFS, qui regroupent un certain nombre d'acteurs bancaires auxquels l'Etat confère une mission permanente d'intérêt public. Son aura demeure intacte.

Entre la poire et le fromage, François Lagrange m'interroge sur les intentions de mon associé et de moi-même. Il se déclare intéressé à l'idée d'entamer avec nous des négociations si nous le souhaitons. Consulté, Francis Denant est lui aussi séduit par la réputation de l'établissement, par le sentiment qu'il existe rue Saint-

Dominique une tradition et une éthique. « Si nous nous y prenons bien, nous apporterons au groupe un savoir-faire spécifique sur les marchés, pensons-nous. A l'inverse, le Crédit national nous fera profiter de son expérience des entreprises. »

En tant que syndic, j'y vois aussi une belle ouverture nationale, car il s'agit d'une grande entreprise française, qui a peu de chances de tomber dans le giron d'un établissement international. Que ne dirait-on pas, en effet, si le syndic se vendait à une banque étrangère ! Nos interlocuteurs, François Lagrange et Didier Floquet, nous pressent, sous le couvert du président d'alors, Paul Mentré, de forcer l'allure. Ils souhaitent figurer parmi les tout premiers accords de Place et profiter d'un effet d'annonce. Le Crédit national nous propose d'acquérir 40 % de la charge. Nous réfléchissons, mais tenons à lui transférer les risques et donc la majorité. Nous revenons vers lui en lui offrant 51 % du capital de la charge Dupont-Denant. Après Delahaye-Ripault, du Bouzet et DKL, nous sommes les quatrièmes à conclure un accord. Notre décision, au fond assez sage, étonne pourtant l'ensemble de la Place, et certains ne peuvent s'empêcher d'émettre quelques réserves.

Des nuages obscurcissent le ciel. Le krach boursier du 19 octobre 1987 laisse des traces. Les nouveaux produits, les marchés dérivés* suscitent rapidement des vocations et des enthousiasmes, mais aussi nombre de débordements, faute d'instruments de contrôle appropriés. Les premières victimes sont des clients institutionnels comme la Cogema. Conseillés par des apprentis risque-tout, sûrs d'eux-mêmes mais peu expérimentés, ils doivent affronter des pertes très importantes. A l'intérieur des charges, quelques jeunes équipes se laissent déborder par la crise. Les premiers drames surviennent en cet automne 1987. La charge de Bertrand Michel, remarquable boursier, est frappé par un sinistre sur le MATIF alors que les conventions avec le Crédit agricole ne sont pas encore signées. Son ampleur risque de mettre en péril l'existence même de l'entreprise et bouleverse en conséquence les termes de la transaction. Les dirigeants de cette charge trouveront leur salut auprès de Monique Bourven, grande prêtresse de la gestion du Crédit agricole, qui, dans la tradition la plus noble du marché, considère que l'engagement qu'elle a pris ne saurait être remis en cause. Elle prendra donc les dispositions nécessaires pour tirer la charge Michel de ce mauvais pas et poursuivra le projet initial.

Je suis peut-être pour quelque chose dans l'adossement de la charge Ferri-Ferri-Germe. J'ai l'habitude de recevoir des visiteurs, le plus souvent des banquiers, qui viennent s'enquérir de l'évolution des événements et des transformations en cours. Ce soir-là, Jean Farge, le sous-gouverneur du Crédit foncier, frappe à ma porte. Il souhaite me poser quelques questions. Sa démarche est dépourvue de précautions inutiles. Son établissement, tout en suivant avec intérêt les évolutions de place, se tiendra à l'écart, pour des raisons de prix, des rapprochements en cours qui remplissent les colonnes des journaux financiers. Je découvre une personnalité que j'avais pu observer dans la commission Tricot quelques années auparavant. Cet homme possède le culte du service public et sa personnalité tient à son indépendance d'esprit, aux antipodes de la pensée unique. Au moment où je le raccompagne à la porte de mon bureau, il se tourne vers moi et me dit : « Je vous le confirme. Ces opérations ne présentent pas d'intérêt pour le Crédit foncier à moins d'une opportunité particulièrement intéressante. A la réflexion, tout peut arriver. Si tel était le cas, parlez-m'en. »

Quelques jours plus tard, je reçois Alain et Bernard Ferri. Ils me font part de difficultés sérieuses sur le MATIF. Qui peut les aider ? En moi-même, je me dis :

« Farge. » Très vite, je prends l'attache de ce dernier et lui propose de rencontrer Alain Ferri. La charge a toujours fait preuve de dynamisme et d'initiative. Alain Ferri a participé à la genèse de la réforme. Ses équipes sont de premier ordre. Lors de leur entretien, les deux hommes se comprennent vite. Peu de temps après, le Crédit foncier prend la majorité du capital de la charge Ferri, qui intégrera par la suite un groupe néerlandais.

Cette affaire se termine bien. Les adossements se poursuivent. La fin de l'année 1987 est marquée par l'arrivée de la Société de banque suisse (SBS), qui n'a pas encore fusionné avec l'Union de banques suisses (UBS), chez Ducatel-Duval, et d'Indosuez dans la prestigieuse charge Cheuvreux-de Virieu. D'autres seront plus délicates à gérer. La Chambre syndicale devra trouver des solutions aux difficultés de charges qui ont pris des risques ou ont manqué de rigueur. Ainsi, Eric de Lavandeyra fait-il face, sans grande fermeté, aux difficultés d'exploitation nées d'une mauvaise gestion. Porté vers l'arrogance, superficiel, il se révèle incapable d'organiser la surveillance régulière de sa charge. Autour de lui, de flamboyants fondés de pouvoir s'agitent, plus préoccupés de développer leurs propres remises sur les affaires qu'à assurer le suivi d'un *back office* surchargé. Elle sera reprise par le Gan.

Ces décisions s'entrecroisent avec la réforme de la profession. Depuis l'automne, mes relations avec le Trésor se focalisent sur la construction institutionnelle de la nouvelle Bourse. Nous travaillons sur un projet de loi. Les échéances se rapprochent et nous préparons un passage au Parlement pour le début de l'année 1988. De fait, les accords entre agents de change et banques témoignent du succès de notre schéma de sortie. Les craintes que nous nourrissions concernant une éventuelle razzia de la part de l'étranger se révèlent fausses. Les Anglais, les Hollandais et les Américains sont entrés dans le capital de certaines charges, mais dans des proportions acceptables. En revanche, les Allemands et les Japonais se tiennent à l'écart.

Au premier étage du 4, place de la Bourse, beaucoup de questions se posent quant à la future organisation du marché. La solidarité des agents de change ayant vocation à disparaître avec la dissolution de la Compagnie, comment assurer avec les sociétés de Bourse la sécurité du marché sans risques ni ruptures ? La nécessité d'un fonds de garantie s'impose aux professionnels. Mais qui le financera ? Au-delà du 1er janvier 1992, date retenue pour faire disparaître le *numerus clausus*, quelles seront les conditions d'admission pour les nouveaux membres ?

Dès lors plus nombreux, de quelle autorité de contrôle cette population d'intermédiaires dépendra-t-elle ? Entre les pouvoirs de la COB et ceux de la nouvelle Bourse, quel est l'équilibre souhaitable ? Pour cette dernière, la structure unique rassemblant des pouvoirs réglementaires, disciplinaires et des responsabilités sur le fonctionnement du marché doit-elle être préférée à une structure à deux entités séparées, c'est-à-dire un Conseil de la Bourse doté de missions de service public et une structure privée chargée de faire fonctionner le marché ?

De fait, au 1er janvier 1988, les charges d'agents de change laissent la place à des sociétés de Bourse. Sur le plan juridique, les sociétés de capitaux l'emportent sur les sociétés de personnes. Une vingtaine d'ex-charges accueillent déjà des banques françaises et étrangères ainsi que des compagnies d'assurances.

Dans les cercles économiques des pays occidentaux, une question revient sur toutes les lèvres. La libéralisation des marchés de l'argent, en particulier la création des marchés à terme et des marchés d'options, a-t-elle contribué à accentuer la crise boursière du mois d'octobre ? La question n'anime pas seulement la communauté financière. Dans les cercles politiques, on s'active. Comme d'habitude, c'est outre-Atlantique que la réflexion s'engage d'abord. Les marchés à terme y sont nés, précisément à Chicago, au milieu du XIXe siècle. Il y a quinze ans, un universitaire, Richard Sandor, y a introduit le premier contrat de taux d'intérêt lors d'un stage au cours d'une année sabbatique. A l'automne 1987, le sénateur Brady dirige une mission parlementaire pour prévenir la répétition des événements de la fin octobre et fournir une réponse efficace et coordonnée face aux désordres des marchés financiers.

Début 1988, le sénateur Brady remet à Ronald Reagan un rapport circonstancié. On y relève les souhaits des membres de la commission de renforcer et de réguler les échanges d'informations entre responsables monétaires et autorités de marché. Ainsi, une agence fédérale coordonnerait l'ensemble des réglementations qui régissent les différents segments de marché ou, à travers eux, le système financier lui-même. Les systèmes de *clearing* qui viennent en appui des différents marchés seraient simplifiés de façon à réduire le risque financier. On renforcerait les couvertures* sur tous les marchés afin de mieux contrôler la spéculation et les produits financiers à fort effet de levier. Enfin, les mécanismes de coupe-circuit, c'est-à-dire les limites maximales de prix ou suspensions de cotation, seraient redéfinis et testés. Au bout du compte, le groupe de réflexion ne fait pas de propositions quant à l'identité de l'agence à créer. A l'évidence, il imagine dans ce rôle la Federal Reserve Board, la fameuse FED, l'équivalent de notre Banque centrale, qu'il estime le plus qualifié pour le remplir. L'essentiel des réformes consistera dans un réaménagement des procédures de suspension de cotation en période de crise.

En France, Edouard Balladur presse sagement le pas. Informé de ce qui se passe aux Etats-Unis, il souhaite la convocation d'une réunion du groupe des sept pays les plus industrialisés. Afin de préparer cette rencontre, il propose d'engager une réflexion sur le rôle des nouveaux instruments financiers et des nouvelles techniques. Au début du mois de décembre 1987, il annonce la mise en place d'une commission de réflexion sur le fonctionnement des marchés à terme et des marchés d'options. La présidence est confiée à Daniel Deguen, alors président de la Banque hypothécaire européenne. Cet homme courtois et à l'élégance toute britannique possède l'un des parcours les plus riches dans le monde de l'administration des Finances et dans le secteur bancaire. Inspecteur des Finances, il a été, après un passage au ministère des Finances, secrétaire du Conseil national du crédit, président de la Caisse nationale des marchés de l'Etat, puis président du CCF. Il est toujours membre de la commission de privatisation.

Je fais partie des dix-sept membres de cette commission, aux côtés de plusieurs personnalités de premier plan, comme Jean Boissonnat, journaliste économique et vice-président du Groupe Expansion, David Dautresme, associé-gérant de la banque Lazard, Gérard de La Martinière, président de la Chambre de compensation des instruments financiers de Paris, Philippe Lagayette, sous-gouverneur de la Banque de France, Yves Le Portz, président de la COB, et André Lévy-Lang. Parmi eux, Gérard de La Martinière, grand commis de l'Etat, polytechnicien, inspecteur des Finances, membre de cabinets ministériels pendant le septennat de Valéry Giscard d'Estaing, ancien secrétaire général adjoint de la COB, impressionne par sa maîtrise des marchés dérivés et ses connaissances techniques.

La commission doit remettre ses conclusions dans trois mois. Elle a pour mission d'« examiner les forces et faiblesses de l'organisation des marchés à terme et des marchés d'options et d'étudier l'influence de ces marchés sur les conditions de formation des cours, leur utilisation à des fins de couverture et de spéculation, ainsi que les conséquences de l'utilisation de programmes informatiques d'arbitrage ». Sept groupes contributifs sont constitués. Il m'est difficile de refuser cette proposition qui m'honore, même si j'ai conscience que mon emploi du temps sera encore plus compté. Je ne crois pas si bien dire. En attendant, je rejoins ma famille pour passer Noël et la fin de l'année avec elle.

Trois mois plus tard, la commission remettra ses conclusions. Alors que l'on attend un catalogue de mesures restrictives, les auteurs du rapport, au contraire, estiment que les marchés dérivés, le MATIF et le jeune MONEP*, correspondent aux besoins de l'heure et ne sont pas responsables du krach d'octobre 1987. Ils préconisent simplement l'adoption de mesures de sécurité du marché : horodatage rigoureux, contrôle des ordres, création d'une chambre de compensation unique pour les deux marchés, limitation des opérations de gré à gré, installation de teneurs de marché, création d'un comité de coordination entre autorités de contrôle et de supervision des banques et des marchés financiers. Le législateur retiendra certaines de ces recommandations. La profession fera jouer l'autodiscipline et l'effet d'expérience. L'ensemble des opérateurs devra accepter de vivre avec la volatilité*.

Dès mon retour de vacances, début janvier, Philippe Cosserat m'annonce, avec son air de prince faussement désinvolte : « Tiens-toi bien. En ton absence, nous avons attrapé une sacrée maladie. »

Je tombe des nues. Dans leurs attributions, les services de trésorerie de la Chambre syndicale agissent comme une banque. Ils collectent les excédents de trésorerie des charges, les emploient à court terme en s'efforçant ensuite de leur servir un intérêt le plus rémunérateur possible. Les masses en cause sont considérables et s'élèvent à plusieurs milliards de francs. Depuis l'ouverture du MATIF en mars 1985, la Chambre syndicale n'a pas désapprouvé l'idée que nous lui avons soumise d'utiliser avec prudence les nouveaux instruments disponibles sur ce nouveau marché. Il s'agit de favoriser les emplois à court terme, afin d'améliorer la gestion quotidienne de la trésorerie de la Compagnie.

Faute de disposer en son sein de professionnels des marchés dérivés, la Chambre syndicale s'est adjoint un spécialiste du MATIF au début de l'été 1987, avec mission de gérer les trésoreries des charges regroupées quotidiennement en une seule masse. En raison de l'instabilité des taux d'intérêt, le MATIF doit lui permettre de se couvrir. En réalité, fin décembre, les services de contrôle de la Chambre syndicale découvrent bien tardivement une prise de position vendeur sur plusieurs miliers de contrats notionnels*, générant une perte potentielle de près de 170 millions de francs. Dépassant alors toute limite de bon sens, notre collaborateur spéculait sans doute sur un second krach, ce qui lui aurait permis de racheter en baisse ses contrats notionnels. Malheureusement, c'est le contraire qui se produit sur le marché. Il n'y aura pas de retournement et le cours du contrat notionnel remonte progressivement.

La découverte de notre position trop engagée intervient au plus mauvais moment. Nous avons à faire face à une tutelle soucieuse de mettre en place la nouvelle Bourse, aux confrères désireux de réussir leur négociation avec les banques, aux syndicats traumatisés par l'abandon du monopole, à la presse avide de transparence et d'informations. Pour bien comprendre mon état d'esprit de l'époque, il faut aussi se souvenir de l'environnement des marchés financiers internationaux trois mois après le krach boursier d'octobre. Fin décembre

1987, les marchés mondiaux se remettent à peine de la secousse d'octobre et les anticipations des économistes et des hommes de marché demeurent pessimistes. Si les Bourses américaines et européennes ont craqué, la Bourse de Tokyo tient toujours, mais les experts prédisent un accident boursier au pays du Soleil levant.

Concernant notre position vendeur, je m'efforce de garder tout mon calme. Placé sur le MATIF dans cette situation très inconfortable, de crainte que les opérateurs de la Place n'apprennent nos difficultés et nous « jouent sur le dos », je décide de garder le secret absolu. Seules cinq ou six personnes à l'intérieur des services centraux de la Chambre syndicale savent à quel point nous sommes fragilisés.

Une opinion commune se dégage entre Philippe Cosserat, le directeur central Paul Gouhir et moi-même. Cette position doit être gérée avec sang-froid et dans la plus grande discrétion. L'ambiance des marchés, détestable, nous laisse espérer l'apparition de fenêtres de tir sur le marché qui faciliteront le rachat de notre position dans des conditions acceptables. Nous décidons de suivre la situation au plus près et de nous réunir régulièrement.

J'ai pris cette décision du secret en pleine conscience. Elle nous responsabilise, ce qui est un avantage. Mais, revers de la médaille, elle nous enferme dans un cercle étroit d'initiés, préjudiciable à une réflexion plus ouverte, et nous prive des conseils que de vrais spécialistes pourraient nous donner pour nous amener à agir différemment. Les bons esprits parmi les professionnels, et il n'en manque pas, expliqueront après coup que l'expérience sur les marchés quels qu'ils soient, mais encore davantage sur les marchés dérivés, enseigne que lorsqu'on hérite d'une position délicate, voire dangereuse, la liquidation doit être immédiate, sans se soucier des pertes occasionnées. Toute tentative pour la gérer dans la durée s'apparente à une spéculation ou à la roulette russe et se trouve vouée à l'échec.

J'ai à l'esprit cette règle non écrite. Mais l'ampleur de la perte dès fin janvier 1988, de l'ordre de 200 millions de francs, si elle était constatée immédiatement et dans la phase de transformation institutionnelle où nous nous trouvons, contribue sans aucun doute à me faire réfléchir. Passant par des phases d'optimisme et d'anxiété, j'espère que les circonstances vont me permettre de sortir de la position. Il n'en est rien et, au fil des semaines, la situation s'aggrave. Alors que nous espérons racheter notre position en profitant des aléas du marché, les cours notionnels ne cessent de monter.

Ironie du sort, fin janvier 1988, Daniel Deguen décide un voyage aux Etats-Unis. Il demande à tous les membres de la commission qu'il préside de l'accompagner. A défaut de découvrir la pierre philosophale, nous décèlerons outre-Atlantique la part de responsabilité des marchés dérivés dans le processus de déclenchement de la crise boursière d'octobre 1987. Cette expérience américaine est passionnante, mais j'avoue ne pouvoir en absorber toutes les facettes. J'y entends dire par exemple que les nouveaux marchés financiers ne font pas l'objet d'un suivi suffisamment rigoureux de la part de ceux qui en avaient la charge... J'en frémis encore intérieurement.

De jour en jour, le cours du contrat sur emprunt notionnel m'est communiqué. Lentement mais inexorablement, il poursuit sa remontée. Naturellement, mes compagnons de voyage ignorent mon trouble. Je tais mon angoisse et fais bonne figure. Dans ses conclusions, la commission Deguen plaidera en faveur du développement des marchés dérivés, mais dans un cadre plus strict et mieux organisé. Elle propose la création à Paris d'un comité de liaison entre les autorités de marché. Celui-ci sera installé le 7 avril 1988 par Edouard Balladur.

Début avril, nous avons rendez-vous à la direction du

Trésor. Philippe Cosserat et moi-même rencontrons son directeur, Jean-Claude Trichet, accompagné de Philippe Jaffré. Le premier, humaniste, élégant, est un homme de conviction. Il m'écoute avec calme et attention. J'ai d'emblée avec le second une relation de confiance réciproque.

Tous deux s'inquiètent de la situation, mais nous conseillent de tenir bon. Désespérant de sortir de la position dans de bonnes conditions, je suis de plus en plus convaincu, après avoir entendu quelques-uns de mes proches, de la nécessité de nous couvrir face à la hausse inexorable du cours du contrat notionnel. Certes, le coût de cette couverture par des contrats d'options que nous proposent les spécialistes est exorbitant et s'ajoute aux pertes potentielles qui courent. Mais le trou prend des allures faramineuses, 400 millions de francs. Je ne m'oppose plus à la mise en place de la couverture.

Au même moment, la déconfiture d'autres charges m'inquiète. Le 14 mars, je dois suspendre d'activité l'ex-charge Baudoin dans un climat conflictuel. Les journalistes tournent sans cesse autour de nous. Ils sont avides d'information et attendent de moi des réponses sur de nombreux points. Le développement du marché informatisé en continu bouscule leurs habitudes. Où puiser désormais l'information si la grande rencontre quotidienne dans le palais Brongniart disparaît ? Il faudra qu'ils s'adaptent eux aussi. À la liquidation du 23 juin 1988, le marché à règlement mensuel accueillera la 155e société française sur l'écran CATS sur un total de 170 sociétés.

Des rumeurs commencent à circuler sur des opérations malheureuses qui auraient été réalisées sur le MATIF pour le compte de la Chambre syndicale. Je les balaye d'un revers de la main devant la jeune journaliste qui a mis le doigt là où cela fait mal. J'insiste sur la réforme boursière en cours : la rédaction d'un nouveau règlement général pour les sociétés de Bourse, la mise en place d'un code de déontologie, les conclusions de la commission Deguen, les efforts que je déploie pour rassembler les forces de la Place...

En dépit d'une situation financière critique que je continue à tenir secrète, je poursuis l'objectif que je considère comme ma priorité, à savoir la mise en place des nouvelles institutions prévues par la loi du 22 janvier 1988 et ses quatre articles. Je convoque ainsi, pour le 29 mars, l'assemblée générale de la Compagnie destinée à faire approuver le traité de fusion entre la Compagnie des agents de change et la Société des Bourses françaises (SBF*). Nous soumettons à son approbation un texte qui nous sera reproché par la suite, car rédigé de façon ambiguë, sans exprimer clairement les risques que nous portons sur les marchés dérivés.

Le nouveau Conseil des Bourses de valeurs prévu par la loi de janvier 1988 est convoqué le 31 mai. Je suis élu président à l'unanimité de ses membres, Régis Rousselle, François Bacot, Claude Bouvet, Jacques-Henri David, René Barbier de La Serre, Pascal Oddo, Claude Reinhart, Georges Py, Monique Bourven et Roger Michaux. En remerciant le Conseil de la confiance qu'il me manifeste, je l'informe que je conserverai, en accord avec le ministre d'Etat, le titre de syndic accolé à celui de président du Conseil des Bourses de valeurs, afin de rendre hommage à la défunte institution qu'était la Compagnie des agents de change.

Début juin, quelques membres du Conseil des Bourses de valeurs sont informés de nos difficultés. La rumeur enfle les 9 et 10 juin. Ce jour-là, à la fin de la matinée, Jean-François de Bernardi et Pascal Oddo font irruption dans mon bureau du palais pour me dire que le bruit court sur le parquet des pertes importantes qu'aurait subies la Chambre syndicale sur le MATIF. Froidement, je leur dis la vérité. Puis j'appelle mes interlocuteurs au Trésor.

Le lendemain samedi 11 juin, les journaux en font leur une. Nous comptions tous sur un répit de deux jours en raison du second tour des élections législatives. Je propose ma démission. Le Trésor temporise. Le lundi 13 juin, dans la salle des assemblées au premier étage du palais Brongniart, je m'explique devant mes confrères. J'assume devant eux l'entière responsabilité de mes actes. Après un moment d'effarement, quelques critiques jaillissent. Une seule voix demande ma démission.

Le soir du 13, le directeur du Trésor convoque dans son bureau un éventail de grands banquiers de la Place et me demande de venir leur exposer la situation, ce que je fais de la façon la plus directe possible. Je conclus en leur disant que je me conformerai à ce qui apparaîtra le plus utile pour la Place : « Si je dois rester, je reste. S'il faut partir, je pars. »

Philippe Jaffré, en aparté, m'indique qu'il passera à mon domicile très tard dans la soirée pour me transmettre le verdict de la Place. Je le reçois à minuit : « La majorité des participants souhaitent votre départ », me dit-il.

Le lendemain, à 7 h 30, j'appelle Régis Rousselle au téléphone pour lui faire part de ma décision. « Je m'en vais. Tu prends le relais. »

Dans la matinée, submergé par l'émotion, je donne ma démission de la présidence du Conseil des Bourses de valeurs et de la Société des Bourses françaises, la nouvelle structure qui a succédé à la Chambre syndicale. De son côté, Philippe Cosserat démissionne de la direction générale de la SBF, remplacé par Gérard de La Martinière. A 10 heures, devant les journalistes, Régis Rousselle annonce mon départ. Poursuivi par les journalistes, caméra à l'épaule, je franchis les quelques mètres qui me ramènent à ma charge au 42, rue Notre-Dame-des-Victoires.

Quel bilan dresser aujourd'hui sur la perte du fonds de garantie de la Chambre syndicale ? Evaluée le 31 décembre 1987, la perte potentielle ressort à 207,1 millions de francs. Le 20 juillet 1988, mon successeur, Régis Rousselle, relèvera une perte finale de 613,7 millions de francs. Le communiqué de la SBF qui donne ce chiffre présente également le résultat de l'enquête à laquelle la société a procédé. Celle-ci a « fait ressortir une absence de contrôle interne et des erreurs d'appréciation dans la conduite des opérations de résorption des positions existantes à la fin de 1987. Toutefois, l'ensemble des opérations considérées a été réalisé dans le cadre normal des pouvoirs dévolus aux dirigeants de la Chambre syndicale des agents de change puis de la Société des Bourses françaises et exécuté face au marché conformément aux ordres donnés ».

Ces chiffres, dans leur simplicité, suscitent évidemment des questions. J'en ai relevé deux principales.

Première question. Pourquoi n'avez-vous pas dénoué la position immédiatement après en avoir pris connaissance ?

Je répondrai que les professionnels se réclament d'une tradition constante dans ce genre d'affaires. Il faut déboucler tout de suite. L'attente aggrave généralement la perte. J'avais suffisamment d'expérience des marchés pour ne pas méconnaître cet adage, mais l'ampleur de la perte, évaluée en janvier à un peu plus de 200 millions de francs, nous apparaissait déjà insupportable et susceptible de déstabiliser la Place. Peu familière des marchés dérivés, l'équipe de professionnels réunis autour de moi m'avait convaincu qu'une telle position pouvait se gérer dans le temps. De quoi aurions-nous l'air si une fois la position vendue, le marché se mettait à baisser, ce qui nous aurait permis de nous racheter dans de bonnes conditions ! « Qu'aviez-vous à vous précipiter ? » aurions-nous entendu de toutes parts.

Deuxième question. Pourquoi avoir conservé le secret ?

En préambule, j'ai envie de dire que la discrétion fait partie de la culture de la Compagnie des agents de change. Jeune agent de change, j'ai appris que le secret professionnel fonde les comportements déontologiques de l'institution. Plutôt mourir que de révéler l'identité d'un client à qui que ce soit. D'une certaine manière, comme les médecins, nous sommes tenus par le secret professionnel. Dévoiler des informations sur les transactions enregistrées dans la charge serait manquer à l'honneur. Comme jeune adjoint au syndic, puis syndic de la Compagnie, j'ai naturellement fait mienne la règle de la discrétion.

Dans cette affaire, le choix de la confidentialité nous est apparu évident au moins pour trois raisons majeures. Deux sont de caractère technique, la troisième a une consonance plus politique. La première raison touche à la sécurité de la Place. Banquiers, assureurs, institutionnels, charges, tous savent que cette sécurité repose sur la solidarité des agents de change entre eux et sur le fonds de garantie de la Compagnie. Le décret de 1890, dans son article 26, stipule qu'il est institué « une caisse commune ». A cette caisse sont versés les prélèvements sur les courtages, les contributions diverses du fonds de réserve ou dépôts de garantie prévus, soit par le présent décret, soit par le règlement de la Compagnie. Tout le monde ignore le montant du fonds de réserve de la Compagnie tenu soigneusement à l'écart de la curiosité de la presse. En raison même de cette absence de transparence, il est réputé considérable. Donner des informations sur les difficultés financières de la Compagnie risque de susciter un vaste mouvement d'inquiétude et de provoquer des comportements difficiles à maîtriser.

La deuxième raison, toujours d'ordre technique, a trait aux marchés dérivés. Au cœur de ces marchés s'est développée très vite une intense compétition entre les banques, les intermédiaires et les négociateurs indépendants de parquet, les NIP. Equivalents des *locals* de Chicago, ces opérateurs agissent pour leur propre compte et régulent le marché en assurant une fonction de spéculation en effectuant des allers et retours dans la journée. Il nous apparaît tout à fait impossible de laisser se répandre sur le marché une rumeur donnant à croire que la Chambre syndicale se trouve engagée dans une position inconfortable. Nul doute que les acteurs du marché s'entendront alors pour nous déstabiliser un peu plus et tirer parti pour eux-mêmes de notre inconfort. Il n'y pas d'autre alternative que de nous taire.

La troisième raison, d'ordre politique, s'appuie sur le calendrier de transformation professionnelle en cours. Annoncée le 9 mars 1987, la réforme boursière a jeté les agents de change dans de multiples négociations avec des banques françaises ou étrangères ou des compagnies d'assurances. J'ai le souci de défendre les conséquences d'une opération d'envergure que j'ai moi-même initiée. L'annonce d'un accident grave au sein de la Chambre syndicale risque de remettre en cause la réforme elle-même !

L'épisode dramatique du tournant 1987-88 révèle en définitive l'absence d'une véritable direction des services centraux de la Chambre syndicale. Après l'installation du MATIF avec ses nouvelles procédures et ses risques accrus, le management n'a pas mis en place les moyens de contrôle correspondants pour suivre les positions et apprécier les risques encourus. Le service de l'inspection exerçait la fonction de contrôle de façon traditionnelle sans avoir reçu de qualification adéquate. Ces défaillances ont perdu l'institution.

Le 3 octobre 1988, Régis Rousselle préside l'assemblée des sociétés de Bourse qui entérine la recapitalisation de la SBF. Son capital passera progressivement de 325 millions de francs à 1,2 milliard de francs au 1er janvier 1992. Les sociétés de Bourse sont invitées à souscrire des actions ordinaires dotées du droit de vote. Par ailleurs, un groupe composé de banques, de compagnies d'assurances et de la Caisse des dépôts et consignations apporte un concours indirect sous la forme de souscription d'actions de participation, dotées du droit de votre et ouvrant droit à un dividende* statutaire prioritaire et cumulatif de 6 %. La SBF met également en œuvre un plan social prévoyant le départ de cent vingt employés. Le conseil de l'association des sociétés de Bourse dénonce la convention collective de l'ancienne Compagnie des agents de change pour bâtir un nouvel accord, plus proche des conventions en usage dans les banques. La fameuse convention collective qui enserrait le statut des employés de Bourse a vécu.

Je sors de l'enfer étourdi, assourdi par le concert médiatique qui brode autour de l'« affaire Dupont ». Mon fidèle associé, Francis Denant, président de notre société de Bourse, m'attend impatiemment. Depuis sept ans, mes rares apparitions à la charge faisaient peser sur ses épaules tout le poids de la gestion de l'entreprise, ce dont il s'était acquitté avec grand succès. Si nous avions d'un commun accord résolu notre avenir en décidant de nous associer avec le Crédit national, celui-ci compte bien sur nous pour développer les activités de marché.

Quelques semaines plus tard, à la Banque de France,

j'assiste à une réunion du Conseil national du crédit dont je suis encore membre. Pierre Bérégovoy préside la séance mais précise qu'il doit s'absenter avant la fin. Alors qu'il passe derrière moi pour quitter la salle, il s'arrête, pose les mains sur mes épaules et me souffle à l'oreille : « Allons courage, chacun porte sa croix ! »

L'âme apaisée, je retrouve mon modeste bureau de la rue Notre-Dame-des-Victoires. L'accueil chaleureux de mes collaborateurs et de l'ensemble du personnel me fait plaisir. L'attitude élégante, que je prends pour une marque de confiance, du président du Crédit national Paul Mentré et de ses directeurs généraux, François Lagrange et Didier Floquet, me réconforte encore un peu plus.

Il faut donc rebondir. La société s'installe au 98-100, rue Réaumur dans des locaux acquis par le Crédit national, mais où rôde encore le fantôme de Pierre Lazareff, le patron charismatique de *France-Soir*. Je recommence à travailler avec Francis Denant. Nous voulons donner à l'ancienne charge devenue société de Bourse un visage nouveau dans le cadre d'un grand groupe. Désireux de reprendre son souffle, il quittera la société de Bourse six ans plus tard, en 1992. Une nouvelle page de mon existence professionnelle commence. Je suis désormais le simple acteur d'un marché dont j'ai contribué à forger les nouvelles règles.

9

De Paris à l'Europe

Du haut de la chaire de Sciences politiques, dans son cours célèbre sur la Bourse, Wilfried Baumgartner tenait aux étudiants ces propos sur les membres de notre profession : « Les agents de change sont quotidiens dans leurs réactions. »

Tout au long de ces pages, je n'ai pas pris le parti de tenir un agenda et d'en rapporter son contenu journalier. J'ai tenté de faire revivre quelques moments de la Compagnie aux prises avec ses interrogations. La fin du monopole et son corollaire, la disparition programmée du *numerus clausus*, la suppression des commissions fixes, l'abandon de la criée sur le parquet au profit d'un réseau électronique d'écrans de cotation ont ouvert la voie à une nouvelle organisation de la Place consacrée par la loi du 22 janvier 1988 et confirmée par celle du 2 juillet 1996.

Comment a été consommée la vague de mariages entre charges et banques, prêtes à payer cher pour exercer très vite ce nouveau métier ? Je ne saurais parler que du nôtre. Quand nous avons négocié l'entrée du Crédit national dans notre capital, cette auguste maison se dressait devant nous, forte d'un prestige intact. Nous pensions avoir lié partie avec une grande institution de la Place, riche et durable.

Paul Mentré vient de succéder à Jean Saint-Geours à la présidence de l'institution. Rue Saint-Dominique, tout respire la durée, la sérénité... et l'attente du client. Eblouis, subjugués, nous ne nous rendons pas compte que débute une fantastique noria de présidents et de directeurs généraux qui va durer dix ans.

Au Crédit national, les nominations au plus haut niveau sont politiques. Le président de l'établissement, classé dans la loi bancaire de 1984 « institution financière spécialisée », est nommé en Conseil des ministres, le directeur par décret. Les nominations fluctuent au gré de l'alternance politique. Paul Mentré est un proche de Valéry Giscard d'Estaing, Yves Lyon-Caen vient du cabinet de Michel Rocard, Jean-Yves Haberer, affaibli après son départ précipité du Crédit lyonnais, pense y trouver un havre de paix. Il restera six mois. Emmanuel Rodochanacci qui lui succède a les faveurs de l'Elysée.

Sur ces cinq présidents, la plupart prennent leurs fonctions en ignorant tout des métiers de marché. De fait, l'entrée du Crédit national dans le capital de notre charge Dupont-Denant suscite la surprise à l'extérieur et la controverse à l'intérieur. Que vient faire l'établissement dans une société de Bourse ? S'agit-il d'une stratégie de diversification, pour une banque ancrée historiquement dans l'activité de prêts bonifiés aux grandes entreprises, longtemps en position de monopole ou de guichet unique, désormais confrontée à la disparition des bonifications d'intérêt, à l'émergence de la finance de marché, à la concurrence des confrères ?

Convaincu de la nécessité de réformer, Paul Mentré prend, dès son arrivée en 1986, plusieurs initiatives d'importance inégale. La présence dans le capital de notre charge se veut le fil conducteur d'une toile à tisser dont le carton serait formé d'alliances avec des *brokers* régionaux et européens. Sur le plan local, les délégations régionales du Crédit national peuvent jouer un rôle. Il s'agit d'équipes légères formées de spécialistes des montages financiers et de bons connaisseurs du tissu industriel local. Ensemble, nous pouvons faire du business. Dans cette perspective, l'établissement prend également une participation dans la charge Girardet, une affaire de famille lyonnaise. La création de la Financière Saint-Dominique, embryon d'une banque d'investissement organisant les participations du Crédit national, répond à une plus grande ambition. Sa réussite prendra du temps. En revanche, dans le domaine immobilier, les initiatives de Paul Mentré arrivent trop tard. Et coûtent cher, quand éclate la crise immobilière. Mélomane, sportif, ouvert sur l'étranger, impatient et curieux de tout, le président Mentré fait feu de tout bois. Il porte sous son bras la presse internationale du jour dont il souligne fiévreusement les articles. Mais il n'aura pas le temps nécessaire pour pousser plus loin la diversification.

Trois ans plus tard, en 1989, Yves Lyon-Caen le remplace. Alors que son prédécesseur fourmillait d'idées qu'il ne concrétisait pas toujours, cet autre énarque cherche à mieux organiser la maison, à faire bouger les mentalités. A transformer surtout l'institution en une véritable entreprise financière capable de répondre à de nouveaux défis exigés par les règles impitoyables de l'économie de marché. Mais le temps passe, la concurrence se fait plus vive, les résultats fléchissent puis s'effondrent. Chaque président s'entoure d'un cercle restreint de fidèles aussitôt lâchés par le suivant, affaiblissant ainsi l'unité de la maison. Le Crédit national décline et perd son autonomie. Avalé dans un premier temps sans combat par la Banque française du commerce extérieur, il prend le nom de Natexis et fusionnera avec le groupe des Banques populaires.

Dix ans plus tard, l'entreprise familiale indépendante de septembre 1987 telle que nous la concevions à l'intérieur de la Compagnie a vécu. Pourtant notre appartenance au Crédit national nous permet de surmonter sans dommages les aléas de la décennie 1990. Les changements accélérés de présidents à la tête du Crédit national, la spécificité de nos activités, contribuent à nous laisser une large autonomie. Lorsque les présidents me reçoivent pour la première fois, ils me confient leur méconnaissance de notre métier. S'ils entendent disposer de l'information sur la marche de notre entreprise, ils excluent toute immixtion dans la gestion et entendent nous laisser l'entière responsabilité de nos actes.

L'idée d'origine qui nous avait séduits, selon laquelle nous allions pouvoir faire naître une vraie complémentarité entre nos analystes empreints de culture boursière et ceux du Crédit national, plus soucieux d'appréhender l'entreprise dans le moyen terme, ne s'est pas concrétisée. Nos équipes, frappées d'instabilité car constamment pourchassées par les cabinets spécialisés de chasseurs de têtes, manquent de crédibilité aux yeux des responsables des études du Crédit national. Notre manière d'approcher l'évaluation des entreprises, de prononcer des jugements définitifs et instantanés sur les nouvelles publiées par les sociétés va à l'encontre de leur conception des études qu'ils imaginent longues et approfondies, sur les secteurs de l'économie ou les entreprises elles-mêmes. Chaque année, selon un rituel bien rodé, le Crédit national rend compte au ministre de l'Economie et des Finances d'une grande enquête sur les cinquante sociétés françaises les plus importantes, une étude toujours très attendue.

Au fil des années, nous développons la société Dupont-Denant en nous appuyant sur la sécurité que nous donne notre adosseur. Trois administrateurs du Crédit national viennent siéger à notre conseil. En 1995, le groupe met en place une direction des marchés que le président Lyon-Caen entend confier à Monique Bourven. Auréolée de son rang de première dame de la gestion d'actifs au Crédit agricole, celle-ci s'installe... pour ne rester que quelques semaines dans la maison. Elle a été rejetée sans manières par l'organisme. Comment ! Une femme ! Et qui veut prendre possession d'un bureau proche de celui du président, donnant sur le jardin ! Dont elle dépendrait pour y faire quoi ? Après son départ, Michel Paradis, son adjoint qui l'avait suivie en provenance du Crédit agricole, lui succédera avec la mission de mieux coordonner et de développer les activités de marché. Il mettra en place la séparation des métiers de négociation et de gestion puis, après avoir racheté la banque Paluel-Marmont, fondera la banque Saint-Dominique. Atteint d'un cancer, il fera face à la maladie avec un courage exemplaire.

En même temps que disparaît une génération d'entrepreneurs traditionnels, de nouveaux acteurs, stimulés par l'euphorie du marché, font leur apparition. Les conclusions du rapport Barbier de la Serre en 1990 les y encouragent. La possibilité d'exercer seulement la fonction commerciale de négociateur donne naissance à des « négociateurs purs », qui confient leur compensation à d'autres entités spécialisées dans celle-ci et devenus eux-mêmes des « compensateurs multiples ». Derrière ce jargon se cache une nouvelle réglementation qui ne dit pas son nom mais révèle un changement d'organisation du système bancaire et financier. La désintermédiation, c'est-à-dire le financement des investissements par le marché, s'est installée dans l'économie française et y a pris durablement ses marques.

De la fin des années 1980 aux années 1990, le paysage de la Place se transforme. Ce ne n'est plus celui que j'ai connu. Comme syndic, j'évoluais dans un cadre institutionnel bien rodé. Elu par mes pairs, j'assumais avec la Chambre syndicale la responsabilité du marché et son organisation. A l'intérieur de la Compagnie, le secrétaire général préparait le budget des services communs que nous présentions aux membres de la Chambre syndicale qui l'approuvaient en traînant des pieds. Je disposais d'un pouvoir disciplinaire sur les agents de change eux-mêmes et orientais la politique sociale pour l'ensemble du personnel des charges face aux syndicats. De son côté, la direction du Trésor exerçait sa tutelle, tandis que la Commission des opérations de Bourse veillait à la protection de l'épargne et au bon fonctionnement du marché.

Cette troïka subtile n'en alimentait pas moins une guérilla chronique entre le syndic et le président de la Commission des opérations de Bourse. Même si le Trésor se montrait attaché à son autorité et la COB jalouse de ses prérogatives, les syndics successifs disposaient d'un atout maître. Ils tenaient leur pouvoir de l'élection annuelle par leurs pairs, une investiture pressentie et ressentie, toujours délicate à manier. Je pouvais user et quelquefois abuser de ce moyen de pression. Avec doigté. Si j'allais trop dans le sens du Trésor, je devenais aux yeux de mes confrères « la voix de son maître ». Si j'approuvais les thèses des confrères, je perdais mon crédit auprès du Trésor.

Je siégeais aussi de droit au collège de la COB, composé de cinq membres et présidé par Yves Le Porz. J'y apportais la voix du marché, de ses succès et de ses excès. Avec Pierre Balley, nous cherchions à faire respirer le marché. Nous nous rebellions contre une réglementation envahissante. A dire vrai, nous étions les porte-parole d'une population de professionnels pas toujours regardante sur les principes dans la pratique quotidienne et avions quelquefois à défendre l'indéfendable... Avec la direction du Trésor, le pragmatisme, fondé sur un dialogue confiant, l'emportait presque toujours.

Au fil des événements, des difficultés, des accidents de

parcours et des pressions extérieures, un jeu de rapports de force, un véritable billard à trois bandes s'était instauré entre le Trésor, la COB et la Compagnie. Les alliances se nouaient et se dénouaient dans un éternel jeu de combinaisons à deux contre un. Le plus souvent, nous étions l'allié de la tutelle. Notre tradition d'indépendance nous y poussait inéluctablement face à une COB toujours prête à nous disputer notre pouvoir.

Les lois de janvier 1988 et de juillet 1996 font litière des anciennes querelles intestines. Elles transforment les agents de change en sociétés de Bourse. Sous l'effet de la directive européenne du 10 mai 1993, elles confient aux professionnels le soin d'organiser le fonctionnement des marchés financiers. L'activité d'intermédiation devient une activité concurrentielle comme les autres.

Ces deux lois distinguent clairement les missions des différents organismes de Place. On peut désormais identifier d'abord les autorités de régulation, la COB, régulateur public, et le Conseil des marchés financiers (CMF), organe de self-régulation, composée de professionnels ; ensuite les organes de contrôle, la Commission bancaire et le Comité des établissements de crédit et des entreprises d'investissement* ; enfin les entreprises de marché, regroupées au sein de la SBF Bourse de Paris, devenue aujourd'hui Paris Bourse SA, avec ses filiales MATIF SA et MONEP SA. Reconnue et respectée à l'intérieur de l'Hexagone, chacune de ces entités doit affronter les nouveaux défis de l'internationalisation.

Confrontés aux OPA transcontinentales, les régulateurs français dialoguant avec leurs homologues européens devront coordonner leurs efforts pour dégager les principes communs de nature à maintenir l'équilibre des droits entre l'entreprise initiatrice d'une offre et l'entreprise cible. De la même manière, les grandes fusions industrielles posent également nombre d'interrogations dans le domaine de l'information des entreprises. Où se situeront les marchés de la société franco-allemande Aventis (fruit de la fusion entre Rhône-Poulenc et Hoechst), de la franco-belge Dexia, de la franco-espagnole Altadis (née de la fusion de la Seita et de Tabacalera), de l'anglo-allemande Vodafone-Mannesmann ? Quelle autorité de régulation visera l'information donnée au public par ces sociétés alors qu'il n'existe toujours pas de statut de la société européenne ? Que se passera-t-il quand le marché de l'action Gucci prospérera à Amsterdam ? Il faudra bien qu'émerge en Europe un gendarme unique. Au niveau européen, le Forum of European Securities Commission (FESCO*), relayé par les organismes de Place européens suggérés par le rapport du comité des sages présidé par Alexandre Lamfalussy, travaille à l'élaboration d'un tel projet.

De leur côté, les organes prudentiels ont fort à faire avec le mouvement de concentration bancaire qui s'engage enfin en France. Le président du CECEI, Jean-Claude Trichet, gouverneur de la Banque de France, avec l'appui des onze membres qui le composent, tente d'arbitrer les grands événements de concentration européen touchant les banques françaises, qu'il s'agisse, en 1999, de l'OPE* de la BNP sur la Société générale et Paribas, ou, début 2000, de l'OPA du groupe bancaire néerlandais ING sur le CCF dont il était déjà actionnaire. Avec un succès mitigé. La capacité des politiques, ou des autorités de contrôle bancaires ou de marchés, à contrôler ou non la révolution en cours de l'économie des marchés financiers est sérieusement mise à l'épreuve.

Quant aux entreprises de marché, elles évoluent dans un contexte technologique et financier en plein boom. Après la dématérialisation des titres achevée en 1984, l'installation de la cotation assistée par ordinateur et du marché continu en 1988, le nouveau système de négociation (NSC), adopté par quinze pays, dont le Canada (juste retour des choses, car ce logiciel amélioré procède de CATS), est capable de traiter aussi bien les actions que les produits dérivés. Avec le système de règlement-livraison Relit* en 1990, puis Relit grande vitesse en 1998, auxquels on peut associer les systèmes moins connus de transferts de monnaie centrale Transferts Banque de France et de compensation de gros virements interbancaires Paris Net System, la Bourse de Paris est considérée par les spécialistes comme l'une des toutes premières Places européennes dans le domaine technique. Elle assure aux investisseurs une excellente qualité et une totale sécurité des transactions. Surtout, en termes de coûts, elle est devenue la moins chère d'Europe et n'est devancée dans le monde que par le New York Stock Exchange.

Chez les émetteurs, à côté de l'Etat et des entreprises publiques, les sociétés du secteur privé font de plus en plus appel aux marchés financiers. Entreprises publiques en voie de privatisation, jeunes entreprises du secteur des nouvelles technologies, anciennes filiales de grands groupes engagées dans des opérations de scission de leurs activités, s'introduisent sur les marchés financiers. Près de mille entreprises industrielles et commerciales sont cotées à Paris, leur chiffre d'affaires cumulé est supérieur à celui réalisé à Londres ou à Francfort. La vague des fusions nationales et transfrontières par le biais d'OPE favorise l'échange de titres sur le marché secondaire* où l'on retrouve aussi les gérants de fonds d'investissement à la recherche du meilleur rendement.

Dans le monde, les années 1990 se caractérisent par une accélération de la circulation du capital des entreprises. La France n'y échappe pas, mais elle vient de loin. Dans les années 1970, son mode de gestion capitaliste avait privilégié les entreprises publiques, semi-publiques et privées, mais négligé les PME et les jeunes entreprises technologiques. Au tournant de la décennie et tout au long des années 1980, en pleine mise en œuvre du programme de nationalisations, paradoxalement, ses gouvernants encouragent une culture de l'ouverture du capital des PME, et notamment des entreprises familiales. Ils laissent aussi prospérer les premières sociétés de capital-investissement en les dotant d'un mécanisme fiscal simple et unique.

Enfin, les volumes ont crû à une vitesse exponentielle sans dommages excessifs, tout au moins dans leurs aspects techniques. Je suis impressionné par l'augmentation spectaculaire de la capitalisation boursière actions de la Place de Paris sur les dix années écoulées. Elle a été multipliée par quatre et atteint, fin 1999, près de 1 500 milliards d'euros. Elle représente désormais 106 % du PIB national, ce qui nous rapproche des ratios des pays anglo-saxons, alors qu'elle ne s'élevait qu'à 35 % en 1989. La Place de Paris, en dépassant celle de Francfort, se situe au premier rang des Places continentales et se rapproche de la Place britannique. Le volume des transactions est multiplié par sept en dix ans et augmente de 37 % en 1999 et de 60 % en 2000.

Et pourtant ! Au début des années 1990, et en dépit de ses progrès indéniables, Paris Bourse, opérateur de marché, risque de devenir en Europe une Bourse régionale marginalisée. Londres brille de mille feux alors que la Deutsche Börse*, dans le sillage de l'installation à Francfort de la Banque centrale européenne, se modernise massivement.

Plusieurs événements successifs vont dessiner un autre paysage des marchés européens, celui que nous contemplons aujourd'hui : l'abandon par les Bourses de leur statut mutualiste et leur transformation en sociétés privées concurrentes entre elles, l'affaiblissement du London Stock Exchange et son ralliement au système par les ordres, l'échec du rapprochement de Londres et de

Francfort, le succès d'Euronext*, à savoir la fusion des Bourses d'Amsterdam, Bruxelles et Paris.

Revenons quelques années en arrière. En 1983, Yves Flornoy, alors président du Comité européen des Bourses européennes, avait imaginé et proposé un projet paneuropéen. Pierre Chatenet, le premier président de la COB, y avait déjà réfléchi. Il s'agissait d'interconnecter entre elles les neuf Bourses de la Communauté européenne. Baptisé IDIS (pour Inter-bourse Data Information Système), le projet comportait trois phases. La première avait pour vocation la standardisation et la distribution du cours en temps réel des deux cent cinquante valeurs européennes les plus importantes. Cette étape franchie, IDIS devait diffuser sur un réseau d'écrans les *bids and asks*, les offres et demandes sur les valeurs sélectionnées. Enfin, dans une troisième phase, IDIS aurait assuré le règlement et les livraisons sur ces valeurs. Comme tout projet visionnaire, le plan échafaudé par Yves Flornoy est venu sans doute trop tôt, puisque son auteur disparaît le 12 mars 1988 sans en voir la moindre fondation.

Le consensus qui entourait l'idée de départ n'était que de façade. Les Anglais y voyaient un moyen supplémentaire d'étendre leur influence et d'utiliser leur puissance de Place. Les Allemands ne souhaitaient pas investir sur un tel projet et privilégiaient alors la concentration des Bourses allemandes entre elles. Les Français, qui avaient pris de l'avance sur les Bourses continentales avec la mise en place progressive du marché continu et la constitution d'un marché dérivé de taux d'intérêt, le futur MATIF, souhaitaient pousser les feux. Tous appréhendaient en réalité le coût d'IDIS. C'est alors que la Communauté européenne montre son intérêt au projet des professionnels. Elle se déclare prête à l'aider financièrement, sous la réserve de pouvoir disposer d'un droit de regard sur son évolution. La subvention d'investissement qu'elle accorde est acceptée avec surprise et embarras. Dans nos assemblées annuelles, les fonctionnaires de la Communauté sont invités avec réticence. De 1984 à 1986, au terme de discussions interminables, aucun compromis ne sera trouvé. Chaque Bourse considère en effet que son autonomie et sa liberté d'action sont menacées. Dans un mouvement unanime de fierté nationale, la subvention est... rendue à la Communauté ! IDIS est mort.

La prospérité revenant, la perception au début de la décennie 90 d'une nouvelle économie pousse la plupart des Bourses européennes à abandonner leur statut mutualiste et à se transformer en entreprises privées, elles-mêmes cotées sur le marché. Installées au cœur des économies, les Bourses assurent un rôle moteur dans l'internationalisation des entreprises. Elles doivent séduire les entreprises, faire en sorte qu'une société familiale, une start-up brillante, la filiale d'un grand groupe ou une entreprise publique en voie de privatisation, choisisse le premier marché* à la Bourse de Paris de préférence au NASDAQ*, le Nouveau marché* français plutôt que le Neuer Markt* allemand. Comment gagner la confiance de l'émetteur sur une Place alors qu'il se déclare de plus en plus indifférent à la localisation de la cotation, pourvu que celle-ci réponde à ses besoins en termes d'information et de liquidité ? Désormais, c'est le listing ou, si l'on veut, l'attractivité du réseau, qui constitue le fonds de commerce d'une Place, dès lors en concurrence directe avec ses consœurs. Chacune définit un discours, des stratégies, recherche ou non des alliances, qui apparaissent comme des menaces pour ceux qui en sont exclus.

Les alliés un peu contraints d'hier sont devenus aujourd'hui des adversaires déclarés. Ils seront peut-être demain des alliés. Cette nouvelle donne, fluide et imprévisible, procède des changements d'équilibre successifs au sein du trépied Londres-Francfort-Paris. Alors que le London Stock Exchange commence à perdre son influence en tant qu'institution, la Deutsche Börse de Francfort déploie une stratégie ambitieuse et volontariste, notamment face à la Bourse de Paris.

Quelques idées pratiques fondent les convictions des dirigeants allemands lorsqu'ils décident d'installer un marché à terme allemand, le Deutsche Termine Börse (DTB*). Celui-ci connaîtra en quelques années un développement foudroyant. Les raisons en sont simples. C'est d'abord le choix du tout électronique pour jouer le plus vite possible la baisse des coûts de transaction. C'est la recherche de l'appui financier et technique de la Deutsche Börse, ce que n'ont pas fait tout de suite les autres marchés dérivés. C'est enfin la fusion, en 1997, de la DTB avec l'un de ses concurrents, le Soffex, marché à terme suisse, donnant naissance à Eurex. La conjonction de ces trois facteurs hisse Eurex à la première place mondiale en 1999, au détriment du Chicago Board of Trade, la Bourse de commerce mythique de Chicago, ouverte en 1848. Le cheminement du MATIF apparaît inverse. Il n'osera pas bousculer les habitudes de la criée – ou trop tard, il restera trop franco-français et s'étiolera après un départ prometteur.

Certes, Londres ne va pas si mal. Car il ne faut pas confondre le Stock Exchange avec la City. Celle-ci demeure la grande Place offshore au cœur de l'Europe, attractive pour les jeunes talents, offrant aux sociétés et aux investisseurs internationaux un environnement réglementaire et fiscal favorable. Depuis le *Big Bang* de 1986, le paysage financier britannique s'est métamorphosé sous la poussée de deux vagues successives. Comme le feront trois ans plus tard les agents de change français, pratiquement tous les *brokers*, à l'exception d'un seul, Cazenove, et tous les *jobbers* sont passés sous le contrôle des *merchant banks* ou des *european banks* anglaises. Les plus dynamiques d'entre nous se souviennent avoir maintes fois rendu visite aux dirigeants de Hoare Govet, de Philipps & Drew, de Grieveson Grant ou de RDWE & Pitman.

Pourtant, faute de disposer d'un management adapté et efficace capable de maîtriser leurs nouvelles acquisitions, engagées dans des métiers risqués, les banques anglaises vont à leur tour être déstabilisées par la crise d'octobre 1987 et les suivantes. Elles seront progressivement absorbées par des acteurs bien plus puissants, les firmes américaines, suisses et allemandes. Ainsi disparaissent à la crête de la deuxième vague Morgan Grenfell, Hill Samuel, Barings, County Natwest et quelques autres, alors que se tiennent bien droites dans leurs bottes Morgan Stanley, Goldman Sachs, Merrill Lynch (dites toutes les trois MGM), UBS, CSFB, Citygroup et Deutsche Bank. Ces nouveaux maîtres de la City vont changer les comportements traditionnels, modéliser des modes opératoires, imposer des horaires de travail rigoureux, fidéliser les équipes par la perspective de bonus attractifs, promouvoir les métiers d'analystes, installer les technologies les plus avancées dans des salles de marché vastes comme des courts de tennis. En bref, toute nonchalance ou esprit d'amateurisme disparaît au profit de l'efficacité à tout prix.

Parallèlement, le London Stock Exchange lui-même, en proie à l'instabilité de son état-major, accumule les revers. L'échec, en 1994, du projet de règlement-livraison Taurus qui visait à dématérialiser les titres anglo-saxons a un énorme retentissement. La religion du *market making*, considéré comme le meilleur pourvoyeur de liquidité, perd beaucoup de ses fidèles. Finalement, le LSE se rallie au système de négociation par les ordres en installant, dix ans plus tard, le système Sets, très proche du modèle CAC. J'ai vraiment le sentiment que, au cours de ces dernières années, l'état-major du Stock Exchange londonien a manqué d'une stratégie claire et offensive ; rétrospectivement, je souris à propos du commentaire acide de Sir Nicolas Goodison sur l'archaïsme de notre Bourse parisienne au milieu des années 1980.

La surprise survient pourtant en juillet 1998. On annonce, à grands renforts de trompettes, le rapprochement du London Stock Exchange et de la Deutsche Börse. A vrai dire, ce dernier fait suite à des tentatives d'alliances entre Paris et Francfort menées les mois précédents, mais qui n'ont pu aboutir. Les Allemands, emmenés par le tandem Rolf Breuer, président du conseil de surveillance de la Deutsche Bank, et Werner Siefert, ancien associé d'Arthur Andersen Allemagne, ne parviennent pas à communiquer aux Français leurs ambitions européennes. A leur tour, ces derniers ne peuvent les convaincre de l'efficacité de leurs avancées technologiques. Ce dialogue de sourds tient aussi à la rivalité des deux institutions Paris Bourse et MATIF. A l'instar de leurs homologues allemands, tous deux fusionnent en 1998, le premier absorbant le second, dont le volume de transactions a chuté des deux tiers.

Les Allemands prennent l'initiative. Ils décident de transformer la Deutsche Börse, dont le capital est contrôlé à 81 % par des banques allemandes, en place forte de transactions pour valeurs européennes. Proposition est faite aux autres Bourses du continent d'entrer au sein d'une nouvelle société baptisée Euroboard, installée à Francfort. A partir de ce bastion, des prises de contrôle pourront être lancées vers celles qui resteront en dehors de l'alliance...

Toutes les places restent de marbre. Sauf une. Le 20 avril 2000, Francfort et Londres franchissent le pas et annoncent leur intention de fusionner sur des bases égalitaires. C'est le projet IX. Le siège de la nouvelle entité sera installé sur les bords de la Tamise, où seront cotées les grandes valeurs britanniques et allemandes. En contrepartie, le Neuer Markt de Francfort récupère les valeurs de croissance, soit 80 % du nombre de sociétés de la cote. Sur le papier, un poids lourd impressionnant émerge : quatrième rang mondial, 4 600 milliards d'euros de capitalisation. Madrid et Milan semblent tentés de le rejoindre.

Les Anglais s'aperçoivent rapidement que, à l'instar de nombre de fusions-acquisitions annoncées un peu trop précipitamment, l'entente avec Francfort reste formelle. Aucun compromis ne peut être trouvé, ni sur les horaires d'ouverture, ni sur le choix d'un système commun de négociation électronique entre Xetra pour les Allemands et Sets pour les Britanniques, ni sur une plate-forme commune de règlement-livraison, les premiers proposant Cedel, les seconds Euroclear. Enfin, la cotation des titres est effectuée en livres ou en euros selon le choix des sociétés, ce qui complique à l'envi les problèmes...

Face à l'Euroboard de Francfort, société anonyme européenne ouverte à tous et dotée d'un management musclé, le London Stock Exchange a pris du retard. Il n'a pas mené à temps sa démutualisation et ses dirigeants restent sous la pression de près de trois cents membres formant une assemblée assez hétéroclite au sein de laquelle les *brokers* moyens dominent en nombre. Or, l'alliance Londres-Francfort est fondée sur le partage des listings : à Londres, les *blue ships* allemandes et anglaises, à Francfort les entreprises moyennes de croissance – un équilibre qui n'en est pas un.

Le conseil stratégique du LSE, influencé par les grandes firmes américaines, les trois MGM, ainsi que la Deutsche Bank, toutes désireuses de s'étendre vers l'Europe continentale, n'ont pas mesuré suffisamment la résistance des « *brokers* de détail » encore nombreux, regroupés au sein de l'APCIMS, une association qui pèse 37 % des voix au conseil d'administration. Ces derniers travaillent pour le compte de clients britanniques et tirent leurs revenus des transactions effectuées sur des sociétés anglaises cotées à Londres. L'idée que les entreprises moyennes anglaises de croissance émigrent demain à Francfort leur est insupportable. A l'inverse, les dirigeants des grandes firmes allemandes comme Volkswagen ou BASF, en acceptant la cotation de leurs sociétés à Londres, craignent de se trouver définitivement sous l'emprise de la réglementation britannique.

Devant la menace d'un axe Londres-Francfort, les Bourses continentales, Paris au premier chef, réagissent à l'automne 1998. Les exclus de l'accord anglo-allemand font entendre leur voix et proposent une union élargie pour trouver une solution qui préserve les systèmes de négociations des uns et des autres, tout en permettant à chacun de donner accès à plusieurs marchés sur un seul écran. Il suffit pour cela qu'une méthodologie commune conduise à harmoniser et à définir la convergence des schémas d'organisation, de la typologie d'un ordre, des horaires d'ouverture. Dans ce schéma décentralisé, chaque Bourse continue de gérer son propre système. Il n'y a pas de plate-forme commune. En septembre 1999, un accord est signé laborieusement sur la base d'un *market model* entre les représentants de huit Bourses européennes, Amsterdam, Bruxelles, Francfort, Londres, Madrid, Milan, Paris et Zurich. Cette convention *a minima*, puisqu'elle ne prévoit pas la création d'une Bourse européenne unique mais une simple mise en réseau des marchés nationaux existants, apparaît bien timorée et n'aura pas de lendemain.

En avril 2000, trois Places financières continentales, Paris, Amsterdam et Bruxelles, font sécession. Leurs Bourses respectives fusionnent et forment Euronext. Le *chairman* sera néerlandais, le secrétaire général belge, le *chief executive officer* français. Ce sera Jean-François Théodore, président-directeur général de Paris Bourse SA, en place depuis 1990, énarque et ancien du Trésor, un homme discret qui revient de loin. Contesté au moment de l'annonce du rapprochement Francfort-Londres, il est affaibli au point qu'on lui suggère de s'appuyer sur Marc Viénot, le président d'Europlace, société de promotion de la Place de Paris initiée par les banques, les sociétés de Bourse et les grands institutionnels, tous ceux qui participent à l'activité du marché français. Jean-François Théodore persiste et fait preuve de ténacité. Il parvient à convaincre Belges et Néerlandais de s'entendre à trois sur un projet commun original.

Il compare volontiers l'entreprise européenne qu'est Euronext à France Telecom ou à EADS. « Sur le plan technique, nous gérons, dit-il, un réseau d'informations. Du point de vue stratégique, notre activité s'apparente à celle de l'industrie aéronautique. » L'ancien fonctionnaire du Trésor dirige aujourd'hui une équipe de cadres et d'ingénieurs trinationaux qui ont vocation à travailler ensemble de plus en plus étroitement.

Euronext s'appuie sur trois piliers, un réseau décentralisé sous un management unique qui laisse à chacun des partenaires l'autonomie de gestion de son système et la préservation de l'identité nationale des marchés, un système de négociation commun, enfin une plate-forme commune de compensation globale. Sur la base d'un carnet d'ordre unifié, chaque société peut choisir son pays de cotation. Les règles en matière d'admission sont supervisées conjointement par les régulateurs des trois Etats. A cette occasion, le règlement mensuel de la Bourse de Paris, en place depuis cent dix ans, est remplacé en septembre 2000 par un marché à règlement différé pour les valeurs les plus liquides. En un mot, c'est un système techniquement et juridiquement intégré, d'amont en aval, lisible et générateur d'économies immédiates de coûts qui est porté sur les fonts baptismaux le 22 septembre 2000. À ce jour, dans le monde, aucun marché financier ne peut offrir de tels services.

Tout irait bien si la Commission de Bruxelles ne souhaitait pas remettre en cause la concentration de tous les ordres sur le marché central opéré par des Bourses devenues aujourd'hui de simples sociétés commerciales gérant de véritables usines informatiques. Pour quelles raisons ces opérateurs de marché garderaient-ils le monopole de la formation des cours de référence en exigeant la centralisation de tous les ordres ? Après tout, chaque grand collecteur d'ordres pourrait avoir la possibilité de marier ses propres ordres en amont du marché et ne passer que des soldes sur le marché central. Pour Bruxelles, les Bourses ne sont pas des concessionnaires exclusifs. Il n'y aurait que des avantages à les mettre en concurrence avec d'autres systèmes capables de participer à la formation des cours, les Electronic Communication Networks (ECN*) par exemple.

On voit resurgir ici un très vieux débat habillé au goût du jour. Heureusement, les Bourses disposent de bons arguments pour tenir tête à la Commission européenne : c'est bien l'intégralité des volumes échangés sur une action qui permet de faire émerger le vrai prix, et non la fragmentation des mécanismes de formation de celui-ci, à condition que l'organisation et le fonctionnement des Bourses soient totalement transparents. C'est aussi une garantie pour les institutionnels eux-mêmes, en leur permettant de mesurer – et d'afficher – leur part réelle de marché. C'est enfin et surtout la garantie d'une vision globale d'un marché à un moment donné.

Voilà une nouvelle bataille en perspective. Elle surgit paradoxalement au moment où les régulateurs américains s'interrogent sur la complexité de leurs systèmes de formation des cours et souhaitent revenir à une plus grande concentration des flux d'ordres. Le grand marché financier européen n'est pas pour demain.

Sous son organisation napoléonienne, le marché financier français a traversé deux siècles. Le premier, le plus long, court des années 1810 aux années 1978. Il correspond à un autre âge, celui des temples des valeurs mobilières, lieux physiques ouverts au public pendant un laps de temps limité mais où n'accède aux opérations qu'une profession réglementée : les agents de change. Dans le prolongement des ordres de Bourse à l'achat ou à la vente, s'y échangent, physiquement encore, des titres entre eux ou des titres contre espèces. Le deuxième, qui court de 1978 à 1996, est celui de la dématérialisation des titres, de l'installation du marché continu, de la fin de la criée et de l'ouverture du capital des sociétés de Bourse. Le troisième, qui est en cours, est celui de la fin du monopole des Bourses et leur entrée dans le jeu du capitalisme et de la libre concurrence, qui remet en cause la notion même de place financière.

A la charnière du deuxième et du troisième épisode, il y a plus de quinze ans maintenant, la Compagnie des agents de change a disparu. L'ensemble de mes confrères se sont envolés vers de nouveaux destins. Mais quinze années ne suffisent pas à faire oublier les 170 ans d'une institution où chacun d'entre nous avait trouvé la chance d'exercer la variété de ses talents. Alors, que vive toujours la Compagnie dans nos cœurs ! Salut la Compagnie.

Annexes

Liste des vingt-sept syndics de la Compagnie des agents de change de Paris depuis l'origine

Noms	*Date d'arrivée*	*Date de départ*
Jean-Baptiste DUFRESNE	7 thermidor an IX	13 brumaire an XI
BOSCARY-VILLEPLAINE	14 brumaire an IX	22 vendémiaire an XIV
LEFEBVRE	23 vendémiaire an XIV	22 décembre 1807
Antoine HOUARD	23 décembre 1807	14 décembre 1808
LEFEBVRE	15 décembre 1808	28 mars 1810
Louis PEAN de SAINT-GILLES	29 mars 1810	16 septembre 1823
Laurent DELAVILLE LE ROULX	17 septembre 1823	8 juin 1826
Agapit VANDERMARQ	9 juin 1826	6 décembre 1843
François COURPRON	7 décembre 1843	29 juin 1847
Alcide BILLAUD	2 juillet 1847	28 septembre 1856
Henri RODRIGUES HENRIQUES	29 septembre 1856	17 février 1857
Claude COIN	18 février 1857	17 décembre 1861
Ferdinand-Louis MOREAU	18 décembre 1861	8 juillet 1883
Auguste HART	9 juillet 1883	20 décembre 1891
Etienne HERBAULT	21 décembre 1891	14 octobre 1895
Arthur BACOT	15 octobre 1895	25 octobre 1895

Salut la Compagnie !

Maurice MILLON d'AILLY de VERNEUIL	29 octobre 1895	30 juin 1913
Alfred ROCHET	1er juillet 1913	4 juillet 1915
Paul PIERROT-DESEILLIGNY	5 juillet 1915	4 janvier 1922
Louis-Edouard JACOB	5 janvier 1922	24 juin 1941
Marc DESACHE	25 juin 1941	18 décembre 1949
Louis BAUDOIN	19 décembre 1949	29 décembre 1953
Pierre SELLIER	21 décembre 1953	Décembre 1963
Pierre BOTTMER	Décembre 1963	Décembre 1967
Yves MEUNIER	Décembre 1967	Décembre 1976
Yves FLORNOY	Décembre 1976	19 décembre 1983
Xavier DUPONT	20 décembre 1983	14 juin 1988

Séance du 23 mars 1988
de la Chambre syndicale (extraits)
Mercredi 15 heures

La Chambre syndicale s'est réunie dans la salle des délibérations.

Sont présents : M. Xavier Dupont, syndic de la Compagnie, M. Alain Ferri, premier adjoint au syndic, MM. Régis Rousselle, Claude Bouvet, Roger Michaux, Jean-Louis Kervern et Bertrand de Virieu, adjoints au syndic, M. Hubert Helle-Gouarch, membre de la Chambre syndicale, et M. Philippe Cosserat, secrétaire général de la Compagnie.

Est absent : M. François Bacot, adjoint au syndic.

Assistent également à la séance : MM. Jean Saintoin, agent de change, M. Nicolas Meunier, syndic délégué près la Bourse de Nantes, M. Denis Bonnasse, syndic délégué près la Bourse de Marseille, M. Hervé de Kerhor, syndic délégué près la Bourse de Bordeaux, M. Gilbert Dupont, syndic délégué près la Bourse de Lille, M. Jacques Douilhet, syndic délégué près la Bourse de Nancy.

Les procès-verbaux des séances du 23 décembre 1987, et des 6, 13, 20, 26, 27 janvier, des 3, 10, 17, 24 février, des 2 et 9 mars 1988 sont approuvés et signés.

TOUR D'HORIZON DES BOURSES REGIONALES

[...]

REFORME DES BOURSES DE VALEURS

[...]

QUESTIONS DIVERSES
[...]

FIN DU MANDAT DE LA CHAMBRE SYNDICALE

Le syndic, qui observe qu'ainsi s'achèvent 180 ans de l'histoire d'une institution, tient à remercier ses adjoints, les syndics délégués, le représentant du personnel, le secrétaire général de la Compagnie et ses services pour le travail accompli ensemble au cours des dernières années et des derniers mois. Il remercie particulièrement les adjoints qui quittent la Chambre syndicale et qui ne siégeront pas au Conseil des Bourses : M. Alain Ferri, MM. Kervern et de Virieu, ainsi que M. Jean Saintoin qui s'est associé aux travaux de la Chambre syndicale lors de la prorogation de son mandat au début de 1988.

Le syndic ne saurait achever la dernière séance hebdomadaire du mercredi sans évoquer la mémoire de son prédécesseur à ce poste, Yves Flornoy, disparu le 12 mars 1988.

La Chambre syndicale marque avec le syndic son extrême tristesse devant la perte d'une grande intelligence et celle d'un ami qui par un cruel paradoxe de l'histoire disparaît au même moment que la Compagnie aux destinées de laquelle il a présidé de 1976 à 1983, qui a été l'initiateur du mouvement de modernisation du marché boursier français, et qui n'a jamais cessé de prodiguer ses avis au syndic d'aujourd'hui jusqu'à ces derniers temps sur la réforme structurelle en cours.

L'ordre du jour étant épuisé la séance est levée à 18 h 40.

Liste des cent huit agents de change au 31 décembre 1987 (avec leur origine géographique)

1949[1]	Jean GIRARDET, doyen, Lyon
1952	Bernard GORGEU, Paris / Lyon
–	Jean-Carl OLLIVIER, Paris
1953	Maurice BENTEJAC, Bordeaux
1954	Bernard DU PONT de COMPIEGNE, Paris
1956	Georges HAMANT, Paris
1957	Jean SAINTOIN, Paris
–	Jacques BUISSON, Paris / Nancy / Marseille
–	Roger MICHAUX, Lyon
1959	Louis BAUDOIN, Paris
–	Jean-Gualbert DELAHAYE, Paris
1960	Michel NOUAILHETAS, Paris
–	Serge KEMPF, Nancy
1962	Xavier de La FOURNIERE, Paris / Nantes
–	Bertrand MICHEL, Paris
–	Denis BONNASSE, Marseille
–	Jacques FRANCOIS-DUFOUR, Paris
–	Paul RONDELEUX, Paris
–	Yves FLORNOY, Paris
–	Jacques NIVARD, Paris
1963	Luc DENOYELLE, Lille
–	Gérard SUCHET, Lyon / Paris
1964	Jean SOULIE, Paris
1967	Patrick SELLIER, Paris / Lyon

1. Il s'agit de l'année de prise de fonction.

–	Xavier Dupont, Paris
–	Marc Auboyneau, Paris
1968	Jean-Pierre Ducatel, Paris / Marseille
–	Pascal Hauvette, Paris
–	Pierre Lacarriere, Paris
–	Jean-Denis Massonaud, Paris
–	Francis Goy, Paris
–	Francis Denant, Paris
1969	François Bacot, Paris
–	Jacques Douilhet, Nancy
–	Vincent Brac de La Perriere, Lyon
1970	Bertrand Koller, Paris
–	Edouard Blisson, Marseille
–	Jean-Jacques Perquel, Paris / Lyon
–	Thierry Tuffier, Paris / Nancy
1971	Bernard Allain, Paris
–	Michel Puget, Paris
–	Michel Oudart, Paris
–	Gilbert Goirand, Lyon / Paris
–	Gilbert Dupont, Lille
1972	Alain Boscher, Nantes / Paris
–	Luc Meeschaert, Paris / Marseille
–	Gérard Dufour, Paris
1973	Hervé Lostie de Kerhor, Bordeaux
–	Nicolas Meunier, Nantes / Paris
1974	Jean de Cholet, Paris
–	Jacques Cheuvreux, Paris
1975	Alain Ferri, Paris / Bordeaux
–	Jacques Wolff, Paris / Lyon
–	Gilles Dupont, Paris
–	Yves Michelez, Paris / Nantes
–	Gérard Delore, Lyon
1976	Didier Philippe, Paris
–	Jean-Claude Melendes, Paris
–	Patrice Labouret, Paris
1977	Philippe Courcoux, Paris
–	Alain Buisson, Nancy / Paris / Marseille
–	Francis Buisson, Marseille / Paris / Nancy
–	Henri-Dominique Magnin, Paris

–	Philippe DUVAL, Marseille / Paris
1978	Jérôme HAYAUX DU TILLY, Paris
–	Bernard FERRI, Paris / Bordeaux
–	Hubert LE FEBVRE, Paris / Nantes
–	Yves SCHELCHER, Paris
1979	Michel KRUCKER, Lyon / Paris
–	Antoine DURANT DES AULNOIS, Paris
1980	Jean-Pierre MICHAUX, Lyon
–	Bertrand de VIRIEU, Paris
–	Eric de LAVANDEYRA, Paris
1981	Christian GERME, Bordeaux / Paris
–	Patrice WARGNY, Paris
–	Hubert RAVIER, Paris / Nancy
–	Patrick du BOUZET, Paris
–	Jean-Marie LEGRAND, Paris
–	Régis ROUSSELLE, Marseille / Paris
–	Claude BOUVET, Paris
1982	Jean-Louis CHAMPEIL, Bordeaux
–	Jean-Louis KERVERN, Paris
1983	Philippe CORDELLE, Paris
–	Claude DUBUS, Lille
–	Henri de CHAMPSAVIN, Nantes
–	Philippe de PORTZAMPARC, Nantes
1984	Hughes DUBLY, Lille
–	Christian PRINCE, Paris
–	Jean-Pierre PINATTON, Paris
–	Edmond RICHARD, Lyon
1985	Pascal ODDO, Paris
–	Sylvie GIRARDET, Lyon
–	Didier FAUCHIER-MAGNAN, Paris
–	Edouard CARMIGNAC, Paris
–	Patrick LEGRAND, Paris
1986	Yves SOULIE, Paris
–	Pierre CHAUSSIER, Paris
–	Xavier ROULET, Paris
1987	Philippe de FONTENAY, Paris
–	Hervé RIPAULT, Paris
–	Patrick POUPON, Paris / Lyon
–	Georges PY, Paris / Nancy

Salut la Compagnie !

– Philippe Oddo, Paris
– Yves Mahe, Paris
– Gérard Augustin-Normand, Paris
– Roselyne Pierre, Nancy / Paris
– Jean-Paul Kahn, Paris
– Jean-Marc Dumesnil, Paris

Les principaux rapports spécialisés et livres blancs parus depuis 1958

1959 : Rapport Jacques Rueff-Louis Armand.

1960 : Rapport Georges Lutfalla au Conseil économique et social sur l'évolution du marché boursier de 1952 à 1960.

Juin 1962 / mai 1963 : Comité Maurice Lorain sur le financement des investissements en France. Rapport présenté au ministre des Finances et des Affaires économiques. Paris, Imprimerie nationale, 1964.

Décembre 1967 : Commission Dominique Leca d'étude des méthodes de placement des obligations sur le marché de Paris. Rapport remis à Michel Debré, ministre de l'économie et des Finances.

Novembre 1971 : Commission Wilfried Baumgartner sur les mesures propres à améliorer le fonctionnement du marché de Paris. Rapport au ministre des Finances, Paris, La Documentation française, 1971.

Juillet 1979-septembre 1980 : Commission Maurice Pérouse sur la modernisation des méthodes de cotation, d'échange et de conservation des valeurs mobilières. Rapport au ministre de l'Economie et des Finances.

Septembre 1981-mars 1982 : Commission David Dautresme sur le développement et la protection de l'épargne. Rapport au ministre de l'Economie et des Finances et au ministre chargé du Budget.

Janvier 1985 : Commission Bernard Tricot sur la tarification financière publique. Rapport au ministre de l'Economie et des Finances.

Juillet 2000-février 2001 : Comité des sages présidé par Alexandre Lamfalussy. Rapport à la Commission européenne sur la régulation des marchés européens des valeurs mobilières.

Petite chronologie de la réforme de la Bourse de 1961 à 1988

1961 : *loi du 29 juillet et décret du 20 septembre* : absorption du marché des courtiers en valeurs mobilières par celui des agents de change ; dix-huit charges d'agents de change nouvelles ; création de sociétés d'agents de change (SCA).

1962 1er janvier : fusion effective des deux marchés ; principe de l'unicité de cotation.

1963 : *décret du 23 septembre et arrêtés ministériels* sur les SICAV.

1965 : *loi du 12 juillet* sur l'avoir fiscal à 50 % ; création des comptes d'épargne à long terme (CELT).

1966 : *loi du 28 décembre* créant une Compagnie nationale des agents de change sous l'autorité d'une Chambre syndicale qui se substitue aux anciennes compagnies d'agents de change et qui est autorisée à gérer des portefeuilles de valeurs mobilières ; introduction en France des OPA.

1967 1er mai : création de la Compagnie nationale des agents de change ; syndics délégués dans les Bourses de province ; autorisation de la gestion de portefeuille, de l'implantation à l'étranger, de la publicité ; *ordonnance n° 87-833 du 28 septembre* instituant une Commission des opérations de Bourse (COB) et relative à l'information des porteurs de valeurs mobilières et à la publicité de certaines opérations de Bourse.

1972 : *loi du 11 juillet* : les charges d'agents de change sont autorisées à se transformer en sociétés anonymes, à faire de la publicité et à effectuer des opérations de contrepartie.

1977 : emprunt Barre 8,80 % (capital remboursé par référence à l'écu), avec abattement supplémentaire de 1 000 francs sur les revenus.

1978 : mise en place d'une imposition complexe sur les plus-values sur valeurs mobilières ; *loi n° 78-741 du 13 juillet* (dite loi Monory) : détaxation de l'épargne des particuliers investie en actions ; création des ADP sans droit de vote.

1979 : *loi n° 79-12 du 3 janvier* relative aux sociétés d'investissement à capital variable (SICAV) ; *loi n° 79-594 du 13 juillet* relative aux fonds communs de placement (FCP) : régime de la copropriété ; développement des obligations à taux variable.

1981 mai : élection à la présidence de la République de François Mitterrand ; *loi de finances pour 1982* : engagement de dématérialiser les titres.

1982 13 février : promulgation de la *loi de nationalisation* de cinq groupes industriels, de trente-six banques et de deux compagnies financières ; *loi de finances pour 1983* : création pour cinq ans du compte d'épargne en actions (CEA).

1983 : *loi n° 83-61 du 3 janvier* sur le développement des investissements et la protection de l'épargne (création des CI, des TP, des OBSA, assouplissement des ADP, paiement des dividendes en actions, création des FCPR) ; simplification du système d'imposition des plus-values de cessions de valeurs mobilières : taux unique de 15 % au-delà d'un seuil de cessions de 251 000 F ; **1er février** : création du second marché ; **24 octobre** : unicité de cotation : cote officielle scindée en règlement mensuel et marché au comptant.

1984 automne : lancement d'une étude sur l'emprunt notionnel par la Chambre syndicale des agents de change ; **3 novembre** : entrée en vigueur de la loi sur la dématérialisation des titres.

1985 mars : création d'un comité de pilotage sur le marché à terme d'obligations ; *loi du 11 juillet* : création du marché à terme d'instruments financiers (MATIF) et du Conseil du marché à terme (CMT) ; **juillet-septembre** : installation du logiciel CATS à la Bourse de Paris, futur système CAC (cotation assistée en continu) ; remise par le comité de pilotage de ses conclusions ; **octobre** : institution de la contrepartie.

1986 24 février : démarrage du MATIF ; **mai** : début des séances du matin à la Bourse de Paris ; **31 juillet** : adoption du projet de loi sur la privatisation de soixante-cinq groupes industriels et bancaires ; août : début de la mission André Serre sur la réforme des règlements-livraisons* de titres ; **27 octobre** : début du *Big Bang* à la City de Londres (abandon de la séparation entre *brokers* et *jobbers* ; libération des tarifs des courtages, mise en place d'un système de cotation informatisé, autorisation pour les firmes étrangères d'entrer dans le capital des sociétés de Bourse).

1987 14 juillet : disparition de la Corbeille à la Bourse de Paris ; **septembre** : création du MONEP ; **14 octobre** : krach à Wall Street ; **19 octobre** : le krach touche la Bourse de Paris ; *loi du 31 décembre* : fusion de MATIF SA et de la Bourse de commerce.

1988 : *loi du 22 janvier (dite loi Balladur)* sur la réforme de la Bourse : dissolution de la Compagnie des agents de change ; disparition progressive du *numerus clausus* ; création des sociétés de Bourse avec ouverture du capital à des tiers, de la Société des Bourses françaises (SBF) et du Conseil des Bourses de Valeurs (CBV*) ; définition du délit d'initié ; février : début de la cotation en continu des 2 500 obligations cotées au comptant ; *printemps* : lancement de l'indice CAC 40.

Lexique

Agent de change : officier ministériel et commerçant qui détenait le monopole de la négociation des valeurs mobilières. La loi du 22 janvier 1988 a fait disparaître son statut.

Banquiers coulissiers : ils exerçaient leur activité de négociateurs de valeurs non cotées sur le péristyle de la Bourse, achetant et vendant des titres pour leur propre compte. La loi de 1942 leur a conféré un statut et ils deviennent des courtiers en valeurs mobilières.

Big Bang : en novembre 1988, révolution des modes opératoires de la Bourse de Londres : suppression de la distinction *jobbers-brokers*, liberté des courtages, ouverture du capital des intermédiaires boursiers.

Broker : intermédiaire sur les marchés boursiers anglo-saxons qui achète et/ou vend des titres pour le compte de ses clients.

CAC 40 : indice boursier phare d'Euronext Paris constitué des quarante plus importantes capitalisations boursières du service de règlement livraison.

Call (ou option d'achat) : contrat qui confère à son détenteur le droit d'acheter un titre à un prix fixé à l'avance jusqu'à une échéance donnée.

Carnet d'ordres : carnet tenu par les intermédiaires boursiers sur lequel ils inscrivent les ordres d'achat et de vente de titres émanant de leur clientèle.

CATS *(Computer Assisted Trading System)* : logiciel de cotation continue acquis par la Chambre syndicale auprès de la Bourse de Toronto en 1985.

CBV (Conseil des Bourses de valeurs) : autorité de marché contrôlant les transactions sur valeurs mobilières et les négociateurs sur les marchés physiques jusqu'à sa fusion avec le Conseil du marché à terme. Disparaît en octobre 1996 au profit du conseil des marchés financiers.

Chambre syndicale : les agents de change réunis en assemblée générale élisaient chaque année leurs représentants à la Chambre syndicale et parmi eux un syndic.

Charge : nom donné aux sociétés de personnes ou aux sociétés anonymes dirigées par un ou plusieurs agents de change jusqu'en 1988.

Club d'investissement : structure juridique qui permet à un groupe de personnes physiques de gérer en commun un portefeuille de valeurs mobilières.

COB (Commission des opérations de Bourse) : surnommée le « Gendarme de la Bourse », elle contrôle les informations données par les sociétés cotées et la transparence des transactions.

Compagnie des agents de change : les agents de change constituaient une Compagnie nationale à la personnalité morale et dont le siège se trouvait à Paris. La loi du 22 janvier 1988 a fait disparaître la Compagnie.

Contrat à terme : contrat qui donne la possibilité à son détenteur d'acheter ou de vendre demain un titre à un prix et une date fixés aujourd'hui.

Contrat de liquidité : contrat par lequel une société de Bourse s'engage à afficher en permanence des fourchettes de prix acheteur et vendeur sur des titres offrant une liquidité limitée.

Contrat notionnel : premier contrat français négocié sur le MATIF, offrant couverture et spéculation sur les taux d'intérêt français à long terme (sept et dix ans).

Corbeille : enceinte située au centre du parquet réservée aux seuls agents de change pour la cotation à la criée des entreprises françaises les plus importantes.

Coulisse : autrefois, nom donné à l'emplacement où avaient lieu les transactions non officielles effectuées par les courtiers en valeurs mobilières.

Courtage : rémunération des intermédiaires exprimée en pourcentage du montant de la transaction.

Criée : les intermédiaires financiers confrontent par oral ou par gestes les ordres d'achat et de vente de leurs clients, pour exécution.

Déréglementation : politique des autorités économiques des pays développés visant à supprimer la segmentation des marchés financiers nationaux et à instaurer une libre circulation des capitaux dans le monde ; la déréglementation a débouché sur l'explosion des structures financières traditionnelles et la globalisation des activités financières.

Deregulation : équivalent anglo-saxon de la déréglementation, avec un sens du laisser-faire plus prononcé.

Deutsche Börse : principal marché boursier allemand installé à Francfort.

Dividende : part du bénéfice net d'une société distribuée aux actionnaires après décision de l'assemblée générale.

Dow Jones : indice phare de la Bourse américaine ; il regroupe trente valeurs.

Droit d'évocation : avant 1962, la Compagnie des agents de change avait le droit d'évoquer à sa cote certaines sociétés cotées par les courtiers sans solliciter leur avis.

DTB : marché dérivé allemand, créé en 1985, équivalent du MATIF.

EASDAQ (European Association of Securities Dealers Automated Quotation) : marché électronique européen installé à Bruxelles ; il est la filiale européenne du NASDAQ depuis l'été 2001, sous le nom de NASDAQ Europe.

ECN (Electronic Communication Networks) : Bourses électroniques créées par des banques ou des SSII aux Etats-Unis.

Entreprise d'investissement : société habilitée à offrir des services d'investissement, de gestion de portefeuille pour le compte de tiers, et d'intermédiation... Les sociétés de Bourse se rangent dans cette catégorie.

Euronext Paris SA : Bourse européenne résultant de la fusion des Bourses de Paris, Bruxelles et Amsterdam en 2000.

FCP (Fonds commun de placement) : copropriété de valeurs mobilières gérées par une société de gestion pour compte de ses porteurs de parts.

FESCO (Forum of European Securities Commission) : association européenne des autorités de contrôle des marchés financiers.

Fixage *(Fixing)* : méthode de cotation où l'offre et la demande sont confrontées une ou deux fois par jour (16 h 30 ou 10 h 30 et 16 h 30).

FTSE *(Footsie)* : nom de l'indice vedette du London Stock Exchange ; il regroupe cent valeurs.

Futures : marchés sur lesquels se négocient les contrats dérivés de valeurs mobilières, actions et taux d'intérêt.

Hors cote : avant la création de l'actuel marché libre, il accueillait les sociétés ne répondant pas aux critères du Second marché.

Investisseur institutionnel (familièrement « zinzin ») : organisme financier collecteur de fonds dont une part importante des ressources est consacrée à l'achat et à la gestion de valeurs mobilières (caisses de retraite, compagnies d'assurances, banques, Caisse des dépôts et consignations).

Jobber : intermédiaire boursier en Grande-Bretagne avant le *Big Bang* ; il achetait et vendait des titres pour son propre compte avant de proposer ses services aux *brokers*.

Liquidation : date mensuelle (en général une semaine avant la fin du mois civil) à laquelle les opérations effectuées sur le RM ou le SRD pendant le mois précédent sont régularisées.

Liquidité : une valeur a une bonne liquidité lorsque la quantité de titres échangés quotidiennement est importante.

Livraison : opération de remise des actifs après le dénouement d'une opération de vente.

London Stock Exchange (LSE) : nom de la Bourse de Londres.

Marché de gré à gré : marché non structuré et non organisé ; il fonctionne en parallèle du marché officiel.
Marché dérivé : marché sur lequel des dérivés de produits financiers existants font l'objet de transactions (MATIF, MONEP, etc.).
Marché libre : voir Hors cote.
Marché primaire : marché où des actions et obligations sont souscrites au moment de leur émission.
Marché secondaire : marché où des actions et obligations s'échangent après leur émission.
Market maker (ou contrepartiste) : agent qui s'engage à acheter ou à vendre des actifs financiers à tout moment pour son propre compte en affichant en permanence un prix acheteur et un prix vendeur.
MATIF (Marché à terme international de France) : marché où sont achetés et vendus des contrats sur des taux d'intérêt ou des matières premières agricoles.
MONEP (Marché des options négociables de Paris) : marché où sont achetées et vendues des options d'achat ou de vente sur un indice ou une valeur.

NASDAQ (National Association of Securities Dealers Automated Quotation) : marché électronique américain spécialisé dans les valeurs de croissance (haute technologie).
Neuer Markt : équivalent allemand du Nouveau marché français, créé en 1992.
New York Stock Exchange (NYSE) : il représente le principal marché boursier de New York.
Nouveau marché : marché d'Euronext Paris qui accueille les entreprises à fort potentiel de croissance.

OPA / OPE : offre publique d'achat des titres d'une société / offre publique d'échange des titres d'une société.
OPCVM (Organisme de placement collectif en valeurs mobilières) : expression générique qui inclut tous les véhicules de placement collectif (dont les SICAV et les FCP).

Option : contrat qui stipule le droit d'acquérir (pour une option d'achat, ou *call**) ou de vendre (pour une option de vente, ou *put**) un actif (action, matière première...) à un prix fixé à l'avance jusqu'à une échéance donnée.

Ordre de Bourse : instruction donnée à l'intermédiaire financier d'acheter ou de vendre un ou plusieurs titres à des conditions précises. Les ordres sont au marché ou limités.

PER *(Price Earning Ratio)* : multiple de capitalisation ; il correspond au rapport entre le cours d'une action et le bénéfice net par action.

Plus-value : différence entre le prix d'acquisition et le prix de vente d'un titre.

Premier marché : marché principal d'Euronext Paris ; depuis septembre 2000, il se répartit entre le SRD* et le Comptant.

Put (ou ordre de vente) : contrat qui confère à son détenteur le droit de vendre un titre à un prix fixé à l'avance jusqu'à une échéance donnée.

Quotité : nombre minimal de titres qu'il est nécessaire d'acheter ou de vendre pour passer un ordre sur le marché du SRD.

Relit : réseau informatique installé en 1990 à la Bourse de Paris et reliant tous les intermédiaires ; il avait pour objectif de ramener à trois jours le délai de règlement-livraison.

Report : possibilité donnée aux intervenants sur le règlement mensuel de proroger jusqu'à la liquidation suivante leur engagement.

RM (Règlement mensuel) : jusqu'au 22 septembre 2000, compartiment du premier marché regroupant les valeurs les plus actives, qui donnait la possibilité de dénouer les opérations à la liquidation ou de reporter les engagements à la liquidation suivante.

SBF (Société des Bourses françaises) : elle a remplacé la Chambre syndicale des agents de change en janvier 1988. Elle est responsable du fonctionnement du marché.

SEAQ (Stock Exchange Automated Quotation) : système de diffusion d'information en continu installé en Grande-Bretagne à la fin de la décennie 1980.

Second marché : créé en 1983, il accueille des entreprises moyennes, souvent à caractère familial.

SICAV (Société d'investissement à capital variable) : sociétés spécialisées dans la gestion collective de titres pour le compte de ses actionnaires ; leur actif est composé de valeurs mobilières, actions et produits de taux.

SICOVAM (Société interprofessionnelle de compensation des valeurs mobilières) : elle est chargée de gérer administrativement les valeurs de la Bourse de Paris et les codes identifiants de chacune d'elles.

Société de Bourse : voir Entreprise d'investissement.

SRD (Service de règlement différé) : depuis le 22 septembre 2000, il remplace le RM.

Stock-option (ou option d'achat d'action à prix préférentiel) : mode de rémunération spécifique qui consiste à proposer aux salariés des entreprises cotées des actions de la société à des conditions avantageuses.

Syndic : ou président. Elu par la Compagnie des agents de change ; il remettait son mandat en jeu tous les ans.

Ticker : bande passante lumineuse installée au NYSE* et donnant instantanément les cours des valeurs traitées pendant la séance de Bourse.

Titre : terme utilisé pour désigner les actions, obligations et autres produits de taux.

USM *(Unlisted Securities Market)* : équivalent britannique du Second marché.

Valeur mobilière : titre qui représente un droit de propriété (action) ou une créance (obligation, produit de taux) sur son émetteur.

Validité : date limite au-delà de laquelle un ordre n'a plus de valeur ou une opération financière n'est plus valide.

Volatilité : propension d'une valeur ou d'un marché à connaître des variations de cours à la hausse ou à la baisse autour de la moyenne.

REMERCIEMENTS

Je remercie ici les personnes que j'ai interviewées pour ce livre, dont la liste est trop longue pour qu'elles soient citées, mais qui se reconnaîtront, ainsi que mon informateur à Euronext Paris, Marc Douezy, mes relecteurs, Xavier Dupont mon fils, Alain Borderie et Félix Torres, historiens et conseillers attentifs, sans lesquels ce livre n'aurait pu voir le jour.

Table

Cet ouvrage, composé par Nord Compo,
a été achevé d'imprimer sur Roto-Page
par l'Imprimerie Floch à Mayenne,
pour les Éditions Albin Michel
en mars 2002.

N° d'édition : 20513.
N° d'impression : 54021.
Dépôt légal : avril 2002.
Imprimé en France.